David Foenkinos

Numéro deux

Gallimard

Ce roman est une œuvre de fiction qui n'a pas l'approbation de J. K. Rowling et Warner Bros.

COLLECTION FOLIO

David Foenkinos est l'auteur de plusieurs romans dont *Le potentiel érotique de ma femme*, *Nos séparations*, *Les souvenirs*, *Je vais mieux*, *Vers la beauté*, *Deux sœurs* et *Numéro deux*. *La délicatesse*, paru en 2009, a obtenu dix prix littéraires. En 2011, David Foenkinos et son frère Stéphane l'ont adapté au cinéma avec Audrey Tautou et François Damiens. En 2014, *Charlotte* a été couronné par les prix Renaudot et Goncourt des lycéens. *Le mystère Henri Pick*, publié en 2016, a été porté à l'écran par Rémi Bezançon, avec Fabrice Luchini et Camille Cottin. Les romans de David Foenkinos sont traduits en plus de quarante langues.

AVERTISSEMENT AU LECTEUR

Si certains des éléments de ce roman reprennent des faits réels, l'auteur a cherché avant tout à donner libre cours à son imagination, au fil d'une intrigue parfaitement fictive.

En 1999 débutait le casting pour trouver le jeune garçon qui allait interpréter Harry Potter et qui, par la même occasion, deviendrait mondialement célèbre. Des centaines d'acteurs furent auditionnés. Finalement, il n'en resta plus que deux. Ce roman raconte l'histoire de celui qui n'a pas été choisi.

PREMIÈRE PARTIE

1

Pour comprendre l'ampleur du traumatisme de Martin Hill, il fallait remonter à la source du drame. En 1999, il avait tout juste dix ans et vivait à Londres avec son père. Il se souvenait de cette époque comme d'un temps heureux. Sur une photo, on le voyait d'ailleurs avec un large sourire en forme de promesse. Les derniers mois avaient pourtant été compliqués ; sa mère était repartie vivre à Paris. D'un commun accord, pour ne pas le couper de ses amis, pour ne pas ajouter une séparation à la séparation, il avait été décidé que le petit Martin resterait avec son père. Il retrouverait sa mère chaque week-end, et pendant les vacances. Si on vantait l'Eurostar pour le rapprochement franco-britannique, il facilitait aussi grandement la logistique des ruptures. À vrai dire, Martin ne fut pas affecté par ce changement. Comme à tous les enfants témoins de disputes, le spectacle permanent des reproches lui était devenu insupportable. Jeanne avait fini par détester tout ce qu'elle avait d'abord aimé chez John. Elle avait adoré son côté artiste et rêveur, avant de ne voir en lui qu'un fainéant totalement foutraque.

Ils s'étaient rencontrés lors d'un concert de The Cure. En 1984, John arborait la même coupe que le chanteur, une sorte de baobab sur la tête. Jeanne était jeune fille au pair chez un couple de jeunes Anglais aussi riches que rigides, et elle était coiffée d'un carré impeccable. Si le cœur était capillaire, ils ne se seraient jamais reconnus. D'ailleurs, Jeanne s'était retrouvée à ce concert un peu par hasard, poussée par Camille, une autre Française rencontrée à Hyde Park. Toutes deux remarquèrent cette espèce d'énergumène au fond de la salle, l'air complètement perdu. Il enchaînait les bières comme le groupe les morceaux. Au bout d'un moment, ses genoux flanchèrent. Les deux filles s'approchèrent pour le relever, il tenta de les remercier, mais sa bouche pâteuse ne pouvait plus produire le moindre son intelligible. Elles l'accompagnèrent vers la sortie pour qu'il puisse prendre l'air. John était tout juste assez lucide pour se trouver franchement pathétique. Camille, en vrai fan, retourna dans la salle, pendant que Jeanne resta auprès du jeune homme en perdition. Plus tard, elle se demanderait : aurais-je dû fuir ? Au moment de notre rencontre, il était en train de tomber, ce n'est pas anodin. « Il faut se méfier de la première impression, c'est souvent la bonne », avait écrit Montherlant. Enfin, il semblait à Jeanne qu'on pouvait lui attribuer cette phrase, probablement dans *Les Jeunes Filles,* un livre que toutes ses amies dévoraient à cette époque. Des années plus tard, elle découvrirait que cette citation était de Talleyrand. Quoi qu'il en soit, Jeanne se laissa conquérir par l'étrangeté de ce garçon. Il faut préciser qu'il avait un certain humour. Probablement ce qu'on appelle l'humour anglais. En reprenant ses esprits, il balbutia : « J'ai toujours rêvé de me mettre au fond de la salle pendant un concert de rock, et d'enchaîner les bières. J'ai toujours rêvé d'être ce mec cool. Mais rien à faire, je suis un blanc-bec qui aime le Schweppes et Schubert. »

Jeanne manqua ainsi l'incroyable version de huit minutes de *A Forest*. Robert Smith aimait faire durer cette chanson planante qui avait été leur première dans les charts britanniques. Il se mit à pleuvoir abondamment ; les deux jeunes gens se réfugièrent dans un taxi, direction le cœur de Londres. John y habitait un territoire minuscule hérité de sa grand-mère. Avant de mourir, elle lui avait dit : « Je te laisse l'appartement à l'unique condition que tu viennes arroser les fleurs sur ma tombe une fois par semaine. » Plutôt rare de voir ainsi honorer un contrat à durée indéterminée entre un mort et un vivant. Peut-être encore un exemple de l'humour anglais. En tout cas, le pacte fut accepté et le petit-fils ne dérogea jamais à sa promesse. Mais retournons aux vivants.

Habituellement réservée, Jeanne décida ce soir-là de monter chez John. Il fut alors jugé préférable de se déshabiller pour ne pas garder ses vêtements trempés. Une fois nus, l'un en face de l'autre, ils n'eurent d'autre alternative que de faire l'amour.

Au petit matin, John proposa d'aller au cimetière ; il devait payer son loyer moral. Jeanne trouva l'idée absolument charmante pour une première promenade. Ils marchèrent pendant des heures, dans l'absolue féerie de leur début, sans imaginer que quinze ans plus tard ils divorceraient avec fracas.

2

Ils aimaient l'idée de s'appeler John et Jeanne. Ils se racontèrent pendant des heures ; toutes les pages du passé. Aux premiers temps de l'amour, l'être aimé est un roman russe. C'est fleuve, dense, fou. Ils se découvrirent une multitude de points communs. La littérature, par exemple. Ils aimaient tous deux Nabokov et se promirent d'aller un jour chasser le papillon pour l'imiter. À cette époque, Margaret Thatcher réprimait avec brutalité les revendications et les espoirs des mineurs en grève ; tous deux s'en foutaient complètement. Le bonheur ne s'embarrasse pas de la condition ouvrière ; le bonheur est toujours un peu bourgeois.

John étudiait aux Beaux-Arts, mais sa véritable passion était d'inventer. Sa dernière trouvaille : la cravate-parapluie. Un objet forcément destiné à devenir indispensable à tout Anglais. Si l'idée était brillante, elle se fracassa néanmoins contre un mur de désintérêt général. On était plutôt en pleine mode du stylo-réveil. Jeanne lui répétait que tous les grands génies avaient d'abord été rejetés. Il fallait laisser au monde le temps de s'adapter à son talent, ajoutait-elle, amoureuse et grandiloquente. De son côté, elle s'était réfugiée à Londres pour fuir des parents n'ayant jamais compris le mode d'emploi de la tendresse ; elle parlait déjà parfaitement l'anglais. Son rêve était de devenir journaliste politique. Elle voulait interviewer des chefs d'État, sans trop savoir d'où lui venait cette obsession. Huit ans plus tard, elle poserait à François Mitterrand une question lors d'une conférence de presse à Paris. Cela constituerait à ses yeux l'esquisse de la consécration. Dans un premier temps, elle quitta son emploi de nounou pour se retrouver serveuse dans un restaurant qui proposait un excellent chili. Elle remarqua assez vite qu'il lui suffisait de parler avec un fort accent français pour récolter davantage de pourboires. Jour après jour, elle progressait dans l'art de truffer d'approximations son anglais. Elle aimait quand John l'observait depuis la rue, attendant la fin de son service. Quand elle sortait enfin, ils marchaient dans la nuit. Elle racontait le comportement grossier de certains clients ; il évoquait avec enthousiasme sa nouvelle idée. Il y avait là comme une union harmonieuse du rêve et de la réalité.

Après quelques mois de thésaurisation de ses pourboires, Jeanne jugea qu'elle avait accumulé suffisamment d'économies pour abandonner son emploi. Elle rédigea une sublime lettre de motivation qui lui permit de décrocher un stage dans le prestigieux quotidien *The Guardian*. En tant que Française, on lui demanda d'assister le correspondant du journal à Paris. Ce fut une douche froide. Elle avait espéré une vie trépidante, partir en reportage ici ou là, mais sa fonction consistait à organiser des rendez-vous ou réserver des billets de train. C'était un comble, mais le métier de serveuse lui avait paru plus stimulant intellectuellement. Heureusement, la situation s'améliora. À force de ténacité, elle montra ce dont elle était capable et finit par se voir confier davantage de responsabilités. Et même : elle publia son premier article. En quelques lignes, elle évoquait la création des Restos du Cœur en France. John avait lu et relu ces quelques mots comme s'il s'agissait d'un texte sacré. Quelle émotion incroyable de voir le nom de la femme qu'il aimait dans le journal ; enfin, ses initiales : J. G. Elle s'appelait Godard mais n'avait aucun lien de parenté avec le réalisateur suisse.

Quelques jours plus tard, en arrivant au bureau, elle découvrit dans la rubrique des petites annonces ces trois lignes écrites *en français* :

Inventeur sans inspiration
A trouvé l'illumination
Veux-tu m'épouser J. G. ?

Jeanne resta plusieurs minutes à son bureau, en état de sidération. Elle trouvait effrayant d'être si heureuse. Elle songea un instant qu'elle paierait tout ça un jour ou l'autre, mais retourna très vite à la relation idyllique qu'elle entretenait avec sa vie. Elle réfléchit un moment à une réponse originale, un oui qui le surprendrait, une mise en scène à la hauteur de sa demande. Et puis : non. Elle saisit son téléphone, composa le numéro de l'appartement, et quand il décrocha elle dit simplement : oui. La cérémonie fut intime et pluvieuse. À la mairie, on passa une chanson de The Cure au moment de l'arrivée des imminents mariés. Les quelques amis conviés applaudirent le couple qui, comme le veut la tradition, s'embrassa fougueusement après l'échange des alliances. Malheureusement, et de manière fort surprenante, personne n'avait pensé à s'équiper d'un appareil photo. C'était peut-être mieux ainsi ; sans trace physique du bonheur, on réduit le risque d'être ultérieurement submergé par la nostalgie.

Ils partirent ensuite, pour quelques jours, dans une petite ferme au cœur de la campagne anglaise. Apprendre à traire les vaches fut la principale occupation de leur lune de miel. À leur retour, ils emménagèrent dans un appartement plus grand ;

c'est-à-dire un deux-pièces. Cela leur permettrait d'avoir chacun un espace si jamais une dispute advenait, se dirent-ils en souriant. C'était ce temps béni de l'amour où l'humour coule dans les veines ; on trouve tout si facilement risible. Mais cela n'empêchait pas Jeanne de penser à l'avenir avec ambition. Si elle trouvait exceptionnel son mari, elle n'entendait pas pour autant prendre en charge l'ensemble de la vie du couple. Il devait mûrir, il devait travailler. Pourquoi faut-il sans cesse se soumettre à la dimension concrète de la vie ? pensa-t-il. Heureusement, les choses furent assez simples. Stuart, un ancien des Beaux-Arts, devenu chef décorateur pour le cinéma, lui proposa d'intégrer son équipe. John se retrouva ainsi sur le plateau de *Dangereusement vôtre*, le nouvel opus des aventures de James Bond. Parmi ses contributions, on pouvait apprécier la peinture verte d'une poignée de porte ouverte par Roger Moore. Pendant des années, il s'écrierait à chaque diffusion du film : « C'est ma poignée ! », comme si le succès entier de la saga reposait sur cet accessoire. Il prenait du plaisir à faire partie de cette armée silencieuse qui s'active dans les coulisses d'un plateau. Les années passèrent ainsi, dans une alternance de tournages et de tentatives stériles pour inventer quelque chose de révolutionnaire.

Le soir du réveillon qui allait transformer 1988 en 1989, Jeanne fut prise de nausées. Elle n'avait pourtant encore rien bu. Elle devina aussitôt qu'elle était enceinte. À minuit pile, alors qu'ils étaient au cœur d'une fête et que tout le monde s'embrassait, elle ne lui dit pas : « Bonne année mon amour », mais elle souffla : « Bonne année papa ». Il mit quelques secondes avant de comprendre, et manqua de s'évanouir ; il avait la tragédie facile. Mais cela s'expliquait ; lui qui naviguait dans la sécheresse de l'inspiration allait créer un être humain. C'est ainsi que naquit Martin, le 23 juin 1989, au Queen Charlotte's and Chelsea Hospital, l'une des plus anciennes maternités d'Europe. Les jeunes parents avaient choisi ce prénom car il était facilement identifiable des deux côtés de la Manche. Par ailleurs, autant le dire tout de suite, c'est dans ce même hôpital, un mois plus tard jour pour jour, que Daniel Radcliffe – futur interprète de *Harry Potter* – allait également voir le jour.

3

L'arrivée de Martin, naturellement, modifia le quotidien. La légèreté des premiers temps était révolue ; il fallait maintenant compter, prévoir, anticiper. Autant de combinaisons assez peu compatibles avec les dispositions de John. Il continuait de travailler sur des films, mais pas suffisamment. Plusieurs chefs décorateurs ne voulaient plus collaborer avec lui, le trouvant trop véhément dès qu'un désaccord sur un choix artistique apparaissait. Jeanne avait tenté de lui apprendre la diplomatie, ou au moins une façon de mesurer ses propos, mais il avait clairement un problème avec l'autorité. D'une manière générale, il passait son temps à critiquer les puissants. Dans ses emportements, il lui arrivait même de dénigrer le journal dans lequel sa femme travaillait, l'estimant à la botte du pouvoir[1]. Pourtant, *The Guardian* était loin d'être réputé pour sa clémence envers le gouvernement. Pendant ces moments, Jeanne avait du mal à supporter sa façon de se plaindre en permanence, cette attitude qui trahissait l'aigreur. Elle se sentait terriblement agacée par lui, et puis la tendresse se régénérait.

John était un génie du dimanche. Devait-il s'en vouloir de n'être pas touché par la grâce de l'inspiration ? Pouvait-on saigner de n'être pas Mozart quand on ne tirait d'un piano que de piètres mélodies ? Il se complaisait dans la posture de l'artiste incompris. Il était du genre à vouloir s'encanailler dans un concert de rock alors qu'il détestait cette musique. Toute sa psychologie était peut-être résumée là, dans cette contradiction initiale. John se rêvait inventeur, mais rien ne venait vraiment ; il souffrait de cette force de création non épanouie qu'il ressentait au plus profond de lui. Heureusement, la paternité lui offrait de quoi nourrir sa créativité ; il adorait

1. Quelques années plus tard, Jeanne se promènerait dans une librairie et ne pourrait s'abstenir d'acheter le nouveau roman de Philip Roth : *J'ai épousé un communiste*.

élaborer toutes sortes de jeux originaux. Martin était incroyablement fier d'avoir un tel papa. Leur quotidien respirait l'imprévisible, chaque journée cherchant l'inédit. John resplendissait dans les yeux de son fils. Et c'était bien ce regard posé sur lui qui l'avait aidé à s'apaiser, à chasser progressivement la frustration.

Les choses finirent aussi par s'améliorer sur le plan professionnel. Sur un plateau, il dut un jour remplacer un accessoiriste malade. Ce fut comme une révélation. Il s'agissait d'un emploi complexe qui nécessitait une grande réactivité. Son rôle consistait à débloquer tous les problèmes d'ordre pratique : caler une chaise devenue subitement bancale, trouver un tire-bouchon plus simple à manier, ou changer la couleur d'un sachet de thé. Non seulement John était bien plus autonome dans cette fonction, mais il raffolait de cette tension incessante. Il avait trouvé une vocation qui mêlait l'inventivité à la décoration (il y a donc toujours un métier qui nous attend quelque part). Selon ses mots, il était devenu *un artiste de la dernière minute.*

4

Jeanne n'avait pas connu les mêmes affres. Sa courbe professionnelle n'avait été qu'ascendante. Elle avait réussi à intégrer le service politique (son rêve), et partait souvent en reportage. Quand elle téléphonait à son fils, lors de ses déplacements, il coloriait sur une carte sa position géographique. Vint un temps où les traces de sa maman recouvraient une grande partie de l'Europe. Sans s'en rendre tout à fait compte, Jeanne s'éloignait de son foyer. John était comme ces amours de jeunesse qui supportent mal la maturité. À l'évidence, ils avaient évolué vers des sphères différentes. Tant de couples survivent pourtant au dépareillement. Il y avait tant de raisons de s'aimer encore : leur fils, leur passé, les braises de leur évidence. Jeanne éprouvait de la tendresse pour John, mais était-ce encore de l'amour ? Elle voulait préserver leur histoire, mais le temps avançait et elle sentait qu'elle passait à côté de l'essentiel ; son cœur battait d'une manière bien trop raisonnable. Elle s'en voulait parfois de leurs disputes domestiques. Tu n'as pas rangé ci, pourquoi as-tu oublié ça ? Ces outrages ménagers l'horripilaient, elle avait une plus haute ambition pour son quotidien. Mais ces reproches étaient la matérialisation verbale de la frustration.

Certaines histoires sont écrites avant même leur commencement. Jeanne appréciait l'un de ses collègues du service des sports. Ils avaient déjeuné quelques fois ensemble, dans cette fausse innocence qui masque la séduction en guet-apens. Et puis, il avait proposé : « Pourquoi on n'irait pas boire un verre un soir ? » Elle avait dit oui spontanément. Le plus étrange était qu'elle n'avait pas dit la vérité à son mari. Jeanne avait prétexté un bouclage tardif. Tout était déjà là, dans ce mensonge qui trahissait ce qu'elle ressentait. Après le verre, il y eut la proposition cette fois-ci d'un dîner ; ce fut un nouveau mensonge ; après un second dîner, il y eut un baiser ; et puis, on parla de se retrouver à l'hôtel. Jeanne fit mine d'être surprise, mais sa réaction n'était que la fragile façade de son exaltation. Elle éprouvait du désir pour cet homme, elle pensait à lui sans cesse, à son regard et à son corps. La sensualité revenait au premier plan de sa vie. Et lui aussi ressentait la même chose ; il n'avait jamais trompé sa femme auparavant. Sous ses airs assurés, il cachait l'intensité de son trouble. À la fois honteux et ébahis, ils se promirent que cette histoire ne durerait qu'un temps ; ils volaient un peu de folie au quotidien, et tentaient de le faire sans être écrasés par la culpabilité ; la vie était trop courte pour être irréprochable.

La femme trompée entra alors par effraction dans cette parenthèse, en tombant sur des messages. Elle aurait pu quitter son mari, mais ce n'est pas ce qu'elle fit. Elle ordonna la fin de l'aventure sur-le-champ. Il obtempéra immédiatement, ne voulant pas renoncer à la famille qu'il avait construite, ni au quotidien avec ses trois enfants. Il démissionna du journal et trouva un poste dans une chaîne de télévision locale à Manchester, pour lequel il dut déménager. Jeanne ne le revit plus jamais. Elle demeura comme abrutie pendant des semaines, effarée de constater avec quelle rapidité son bonheur s'était volatilisé. Aller travailler devint une souffrance ; elle comprit que cette histoire qu'elle avait crue légère l'avait bouleversée. Incessante ironie du cœur, John s'était montré particulièrement aimant pendant toute cette période. Plus Jeanne semblait fuyante, plus il tentait de se rapprocher d'elle. Mais il l'encombrait ; elle avait besoin de solitude ; elle ne l'aimait plus. Ils se disputaient pour des riens qu'elle fomentait. Il lui fallait offrir un vêtement au désamour.

Soudain, Jeanne ne supportait plus l'Angleterre, terre des vestiges visibles de sa passion avortée. Mais que faire ? Martin avait neuf ans, elle était coincée. Elle ne pouvait pas le déraciner en retournant en France ; et encore moins l'enlever à son père. C'est alors que le destin décida à sa place. On lui proposa un poste de journaliste politique à *L'Événement du jeudi*. Georges-Marc Benamou venait de reprendre l'hebdomadaire et avait à cœur de rajeunir et dynamiser sa rédaction. Elle l'avait rencontré à Londres au moment de l'élection de Tony Blair. Ils avaient certes sympathisé, mais elle n'avait pas imaginé qu'il puisse jamais faire appel à elle. Jeanne y vit forcément une main tendue vers son avenir. Juste avant de s'endormir, dans l'obscurité de la chambre, elle dit doucement à son mari : « Je vais partir. » John alluma la lumière, et lui demanda où elle voulait aller à cette heure si tardive.

Elle évoqua alors leurs dernières années. Dans cette subite volonté de confession, elle hésita à révéler son infidélité, mais se ravisa. Cela ne servait à rien d'abîmer davantage encore ce qui était terminé. Elle parla de l'usure, et du temps qui passe. Quelques formules générales, voulant tout et rien dire à la fois. Et puis, elle en vint à évoquer l'occasion professionnelle qui s'offrait à elle. John soupira trois fois : « Ce n'est pas possible, ce n'est pas possible, ce n'est pas possible. » Puis il finit par dire :

« Tu peux toujours aller à Paris, si c'est important pour toi. Je m'occuperai de tout. Et on se retrouvera tous les week-ends…

— Ce n'est pas ce que je veux. J'ai besoin d'avancer.

— …

— Notre histoire est finie.

— …

— Je suis tellement désolée.

— …

— Martin va rester avec toi. Je ne veux pas le couper de sa vie ici, de ses amis. Il me rejoindra le week-end, et pendant les vacances… Enfin, si tu es d'accord… »

John était resté muet. Ce n'était pas une discussion mais une sentence. Il s'imaginait déjà seul dans l'appartement, son fils de l'autre côté de la mer. Bientôt, elle en demanderait la garde ; il en était sûr ; elle cherchait d'abord à l'amadouer, à procéder par étapes dans la mise en place de sa déchéance. Qu'allait-il devenir ? Comment vivre sans elle ? Il se laissa dériver vers la version la plus sombre de son avenir.

5

Une nouvelle vie débuta. John tentait de ne pas laisser transparaître ce qu'il éprouvait ; il était un clown dans le cirque de la séparation. Quand il accompagnait Martin à la gare le vendredi soir, il disait immanquablement avec un grand sourire : « Embrasse la tour Eiffel pour moi ! » N'importe quel enfant aurait été capable de détecter le pathétique d'une telle comédie. Pour chaque voyage, il préparait un sandwich au thon avec de la mayonnaise qu'il enrobait délicatement dans du papier d'aluminium. Cet acte rituel était une pure manifestation d'amour. Puis il rentrait chez lui où la solitude faisait grand bruit. La majeure partie de son week-end consistait à imaginer les promenades de son fils avec Jeanne ; où allaient-ils, que faisaient-ils ? Pourtant, quand il récupérait Martin le dimanche soir, il ne lui posait pratiquement pas de questions. John n'avait pas le courage d'entendre le récit de la vie sans lui. Tout juste lui demandait-il : « Alors, le sandwich, il était bon ? »

6

Nous étions en 1999. Martin était un petit Anglais comme beaucoup d'autres. Passionné de football, supporteur d'Arsenal, il avait sauté de joie à l'arrivée de Nicolas Anelka dans son équipe de cœur. Quand ce dernier marquait un but, il était fier d'avoir une mère française. Que dire d'autre ? Son chanteur préféré était Michael Jackson, il avait un poster de Lady Di dans sa chambre, et rêvait d'avoir un jour un chien qu'il pourrait appeler Jack. Il faudrait aussi évoquer son amour pour Betty, une rousse qui lui préférait son copain Matthew. Mais certains jours, il n'était plus vraiment certain de l'aimer ; cette façon qu'elle avait de parler si fort l'insupportait. Peut-être lui cherchait-il des défauts pour moins souffrir de n'être pas son favori. À dix ans, il avait déjà compris qu'une des différentes façons d'être heureux consiste à modifier le réel. Cette même réalité qu'on peut également fuir par l'imagination, ou les images que fait naître la lecture. Autour de lui, on parlait de plus en plus d'un roman qui s'intitulait *Harry Potter*. Son amie Lucy ne jurait plus que par cette histoire de sorcier. Mais Martin n'avait pas spécialement envie de suivre la mode. Les livres obligatoires pour l'école lui suffisaient amplement. D'une manière générale, il n'éprouvait aucun penchant artistique. Il ne voulait pas apprendre à jouer d'un instrument de musique et ne se sentait pas à l'aise lors des spectacles de fin d'année. Les rares fois où son père l'avait emmené sur des tournages, il s'y était profondément ennuyé. Certes, un enfant sur un plateau de James Ivory, c'est un végétarien dans une boucherie.

La vie de Martin aurait pu continuer ainsi. Rien ne le prédestinait à la suite des événements. Pour arriver au casting de *Harry Potter*, il fallait donc que s'opère une modification de trajectoire. C'est exactement ce qui se produisit, et par deux fois.

*

On associe toujours le hasard à une force positive qui nous propulse vers des moments merveilleux. De manière étonnante, sa version négative est très rarement évoquée, comme si le hasard avait confié la gestion de son image à un génie de la communication. La preuve : on dit communément que *le hasard fait bien les choses*, ce qui occulte totalement l'idée qu'il peut tout autant mal les faire.

*

D'abord, il y eut la longue grève des routiers britanniques, au printemps 1999. Ils luttaient pour l'amélioration de leurs conditions de travail. Pendant des semaines, Londres fut coupée du reste du pays, n'étant plus approvisionnée, manquant même de denrées essentielles. Mais cet élément entrera en ligne de compte un peu plus tard. Pour l'instant, Martin est à l'école. Comme chaque année les élèves doivent passer une visite médicale, une évaluation sommaire de leur état de santé. Les enfants sont toujours ravis de cette occasion de louper une heure de cours. Un peu comme lors des exercices de test de l'alarme incendie, qui remplacent la torture de la physique-chimie par le ravissement d'une errance. Bref, c'était une joie d'aller faire pipi dans un pot. Peu sportif, Martin pouvait être considéré comme un gringalet, mais il se tenait droit et son allure était énergique. L'infirmière qui l'ausculta prit sa tension, le fit respirer et tousser, tapa sur ses genoux avec un étrange marteau pour évaluer ses réflexes, et finit par lui demander de se mettre debout et de se toucher les pieds. Ensuite, elle lui posa quelques questions sur son environnement familial et son alimentation ; une sorte de psychanalyse express où Martin annonça que sa mère était repartie vivre en France tout en avouant qu'il ne mangeait jamais de brocolis.

Pour terminer, vint l'examen ophtalmologique. Un contrôle qui demeure ludique y compris à l'âge adulte. Il y a toujours un peu d'excitation à tenter de survivre à cet alphabet de lilliputien. On plisse les yeux de manière exagérée et ridicule pour finir par voir un H à la place d'un M. En ce qui concerne Martin, le verdict fut sans appel : « Ta vue a baissé depuis l'année dernière. Tu vas devoir porter des lunettes », conclut l'infirmière.

À dix ans, c'est une annonce qu'on trouve en général assez plaisante. On ne sait pas encore qu'on perdra des heures à chercher partout ces deux ronds de verre sans lesquels on ne pourra pas sortir ; on ne peut pas savoir non plus qu'on les cassera avant un rendez-vous très important et qu'il faudra se débrouiller dans un brouillard absolu ; on ne peut pas savoir enfin que, si un jour on doit porter un masque chirurgical, on évoluera dans un monde soumis à la dictature de la buée. Pour le moment, Martin pense que cela lui donnera un air sérieux, ou au moins intelligent, et que ça plaira probablement à Betty.

Le soir même, Martin confia l'ordonnance à son père, qui ne put s'empêcher d'y voir une conséquence de la séparation. « Sa vue baisse, car il ne veut pas voir la nouvelle réalité de sa vie… » Théorie intéressante, mais qui ne changerait pas le cours des choses. Jeanne n'allait pas subitement rentrer à Londres parce que son fils avait perdu un dixième à l'œil gauche. Le lendemain, ils allèrent chez l'opticien. Étrangement, il n'y avait aucune paire de lunettes sur les présentoirs.

« Il faudra attendre la fin de la grève pour que je puisse à nouveau me faire approvisionner. Je n'ai quasiment pas de stock, expliqua le commerçant.

— Alors, on fait comment ? demanda John.

— Ça, il faut le demander aux routiers. Je vais vous montrer le catalogue, et votre fils pourra choisir le modèle qu'il veut. Je les commanderai dès que possible.

— …

— En attendant, je peux éventuellement vous proposer celles-ci… »

L'homme ouvrit alors un tiroir duquel il sortit des lunettes rondes, à la monture noire. Martin les regarda, complètement dépité. En les essayant, il trouva que son visage prenait un air un peu étrange. L'opticien ajouta qu'il pouvait fixer les bons verres le jour même. Son père s'extasia : « Elles te vont tellement bien ! Même pas besoin de regarder le catalogue. Vraiment, elles sont parfaites ! » Le jeune garçon fut immédiatement persuadé que cet enthousiasme était feint et n'avait qu'un but : éviter de revenir ici.

C'est ainsi que Martin commença à porter des lunettes rondes.

7

La seconde initiative du hasard s'appelait Rose Hampton ; une jeune femme de vingt-deux ans qui s'occupait de Martin quand son père était en tournage. Le garçon était fasciné par ses revirements capillaires : elle changeait tout le temps de couleur de cheveux. Quelques années plus tard, quand il découvrirait le film *Eternal Sunshine of the Spotless Mind*, devant le personnage interprété par

Kate Winslet, Martin ne pourrait faire autrement que de penser à Rose. Elle avait ce même charisme, cette même folie douce. Le garçon n'osait l'avouer, de peur d'être ridicule, mais il avait des sentiments pour elle. Le cœur d'un homme bat parfois dans le corps d'un enfant. Malheureusement, elle était en couple avec un abruti qui jouait au cricket. Mais là n'était pas le plus important. L'important, ce fut une chute dans un escalier.

Margaret avait raté une marche, et était tombée violemment. Morte sur le coup. C'était la grand-mère de Rose ; sa grand-mère adorée. Anéantie, la jeune fille était aussitôt partie à Brighton préparer les funérailles, et s'y laisser absorber par un incommensurable chagrin. Pendant des jours, elle avait erré le long de la mer, harcelée par les souvenirs heureux de son enfance. C'était absurde de mourir ainsi, alors que la vieillesse ne semblait pas encore avoir de prise sur elle. Une mauvaise inclinaison du pied, d'un millième peut-être, lui avait été fatale. Un infime ratage qui vous propulse vers la mort. Et c'est bien ce même manquement infinitésimal, sorte de poussière ridicule, qui allait également faire basculer le destin de Martin. La marche manquée par la grand-mère de sa baby-sitter serait en définitive la cause de son drame.

Rose avait entassé quelques affaires dans une valise, sans vraiment réfléchir à la saison en cours, et s'était précipitée vers la gare de

Londres-Victoria. Juste avant de prendre son train, elle fut frappée par un éclair de lucidité. Elle ne pouvait pas s'absenter sans prévenir. Elle téléphona à son fiancé puis à sa meilleure amie, et composa enfin un dernier numéro. Elle tomba sur un répondeur sur lequel elle balbutia qu'elle ne pourrait pas garder Martin le lendemain. Le soir même, en écoutant le message, John fut embarrassé. Il se demanda ce qui avait bien pu arriver à la jeune fille pour qu'elle disparaisse aussi subitement (elle n'avait rien précisé) puis sa pensée migra immédiatement vers une autre question : qui allait garder Martin ?

John avait accepté d'être « renfort accessoiriste » sur un film qui s'annonçait déjà comme un futur succès, *Coup de foudre à Notting Hill*. Le casting réunissant Hugh Grant et Julia Roberts enthousiasmait tout le monde. John intervenait notamment sur les scènes tournées en extérieur, à Portobello Road, où il lui fallait être très précis quant à l'authenticité des échoppes. Le travail de Stuart Craig, le chef décorateur, était formidable. Habitué aux films en costume, il était emballé à l'idée d'un projet où le réalisme aurait une importance cruciale pour faire naître la magie romantique. N'ayant pas trouvé de remplaçant à Rose, John n'eut d'autre choix que d'emmener son fils avec lui. Martin avait l'habitude des plateaux, et de rester sage dans un coin. Par précaution, John prévint tout de même le directeur de production qu'il viendrait le lendemain avec son fils. Ce dernier répondit que cela tombait bien : il pourrait faire de la figuration.

Tout pouvait commencer.

8

Avant de poursuivre, il nous faut effectuer un léger retour en arrière. Sur les traces d'une écrivaine aujourd'hui mondialement connue.

On évoque souvent le « conte de fées » vécu par J. K. Rowling. Il faut imaginer une jeune femme, vivant de manière très précaire, élevant seule son enfant, et devenant subitement la plus grande héroïne du royaume. Voilà un destin qui semble fomenté par le cerveau d'un scénariste d'excellente humeur. L'histoire commence le 31 juillet 1965, à Yate, en plein cœur de l'Angleterre. Le goût des livres est transmis très tôt à Joanne par sa mère, si bien qu'elle se rappelle avoir écrit sa première histoire à l'âge de six ans. Certes, on peut mettre en doute beaucoup de ce qui a été raconté sur elle. Plus on est célèbre, plus le monde semble posséder un avis sur votre passé. Chacun y va de son nouvel indice, de sa révélation scabreuse ou lumineuse ; la moindre personne à qui vous avez tendu une fois un bol de chips lors d'un apéritif hésite à écrire une thèse sur vous.

Tout le monde s'accorde en tout cas à évoquer une imagination précoce impressionnante. Mais le talent de l'écriture n'a jamais aidé personne en matière de bonheur, c'est bien connu. Introvertie, voici comment Joanne se décrit à l'adolescence : « Tranquille, couverte de taches de rousseur et myope. » En somme, tout le malaise nécessaire à la formation d'un destin d'artiste. C'est à cet âge que la jeune fille apprend que sa mère est atteinte de sclérose en plaques. Une maladie provoquant une dégénérescence progressive, terrible compte à rebours vers la mort. Le choc est d'une immense violence. Comme un symbole, Joanne décide alors de faire le même métier que sa mère : enseigner. Pour ses études, elle passe quelques mois à Paris, où elle vit près d'une librairie qui n'existe plus aujourd'hui. Elle finit par décrocher un emploi de secrétaire, chargée des traductions, à Amnesty International. Là, elle se retrouve face à des détresses qui la hantent. Bien plus tard, elle dira : « J'ai commencé à faire des cauchemars à propos de certaines choses que j'ai vues… » Ici ou là, dans les éclats biographiques, on repère la genèse d'un univers en gestation.

On la retrouve ensuite à la Chambre de commerce de Manchester. Difficile d'imaginer une existence plus morne, mais l'ennui demeure la meilleure formation pour écrire. Joanne se réfugie de plus en plus souvent dans l'imaginaire (la version littéraire de la rêverie) jusqu'à ce jour de 1990 où elle est foudroyée par l'inspiration dans un train entre Manchester et Londres[1]. Le front collé à la vitre, sans papier ni crayon pour noter ses idées, l'histoire de *Harry Potter* s'est ainsi dessinée dans son esprit. Tout a surgi immédiatement, la trame générale des sept tomes, précisera-t-elle. Comme un revers à cet éclat foudroyant, sa mère meurt six mois plus tard.

Enfin, un nouvel horizon s'offre à elle. Grâce à une annonce publiée dans *The Guardian*, elle décroche un emploi de professeure d'anglais au Portugal. Elle y rencontre Jorge, un journaliste, avec qui elle a une fille, Jessica. Mais leur relation est tumultueuse ; il finit par la frapper, la pourchassant dans les rues de Porto en pleine nuit. Dans des interviews récentes, il reconnaît l'avoir giflée mais nie la maltraitance ; un paradoxe plutôt difficile à comprendre. Joanne rentre alors en Angleterre avec sa fille, sans la moindre perspective professionnelle ou personnelle. Tout d'abord hébergée par sa sœur à Édimbourg, elle finit par trouver un petit appartement, et survit grâce aux aides sociales. Le conte de fées carbure au diesel. Elle qualifie sa vie de désastre, et tombe en dépression. Elle expliquera plus tard que ces heures sombres lui ont inspiré la création des *détraqueurs*, ces créatures maléfiques sans visage qui aspirent la joie et les bons souvenirs. Elle

1. On dit que des écrivains en manque d'inspiration prennent le même train, dans l'espoir d'être à leur tour frappés par le miracle.

finit par trouver un poste et enseigne à nouveau. Dès qu'elle peut voler une heure à son emploi du temps, elle écrit avec cette rage que l'on qualifie parfois d'énergie du désespoir. Peu à peu, les pages s'accumulent ; l'histoire prend forme.

En 1995, son manuscrit terminé, elle pénètre dans une librairie d'Édimbourg et tombe sur une liste d'agents littéraires. Le nom de Christopher Little la séduit : c'est ainsi qu'elle décide de lui envoyer le paquet de feuilles, à l'adresse de son agence, dans le quartier londonien de Fulham. Bryony Evans, son assistante, tombe sous le charme du texte et incite son patron à le lire. La lecture des premiers chapitres suffit à le convaincre, et il appelle l'auteure. Joanne n'en revient pas, elle a envie de hurler sa joie, pourtant elle a bien les mots de l'agent en tête : « Rien n'est encore fait… » Les mois suivants vont clairement le confirmer. Les douze premiers éditeurs ciblés refusent le manuscrit. C'est sans appel. Une année passe, puis Little apprend que les Éditions Bloomsbury vont créer un secteur jeunesse. Il décide d'adresser le manuscrit à Barry Cunningham, qui est aussitôt emballé par le début. Mais le destin de Joanne va finalement dépendre d'une petite fille de huit ans : Alice Newton. Elle est la fille du directeur général qui, pour avoir l'avis d'un enfant, lui fait lire le premier chapitre de *Harry Potter*. Surexcitée, elle veut à tout prix connaître la suite. Et c'est bien cet enthousiasme qui est à l'origine de la plus grande folie éditoriale planétaire.

Le contrat est signé. L'éditeur conseille simplement à Joanne de modifier son prénom afin que le livre, écrit par une femme, ne soit pas assimilé à « un livre pour les filles ». C'est ainsi qu'elle devient « J. K. » sur la couverture de ce premier tome publié le 26 juin 1997. Le K provenant de Kathleen, sa grand-mère paternelle. Le premier tirage est prudent, 2 500 exemplaires seulement, mais il faut très vite réimprimer plusieurs fois. Quelques semaines plus tard, le roman s'installe carrément à la première place des ventes, et l'on commence déjà à parler de phénomène. Tandis que Joanne écrit la suite, l'explosion continue. Le livre est en cours de traduction dans le monde entier, après des enchères importantes. Il ne manque alors qu'un élément pour parachever le miracle : une adaptation cinématographique.

9

Grâce à ses parents, David Heyman avait toujours évolué dans le milieu du cinéma. Sa mère, Norma, avait notamment produit *Les Liaisons dangereuses* de Stephen Frears. Et John, son père, avait participé au montage financier de chefs-d'œuvre comme *Marathon Man* ou *Chinatown*. On pouvait imaginer la pression qui pesait sur les épaules du jeune homme au moment de se lancer à son tour dans le métier. À chaque rendez-vous, il devait entendre « Ah j'ai bien connu ton père ! » ou « Comment va ta mère ? » Tous les *fils de* ou *filles de* connaissent sûrement cette façon d'être en permanence renvoyés à leur place dans l'échiquier familial. David aurait pu choisir une autre occupation où il se serait mis à l'abri des comparaisons, mais non, le cinéma était son évidence. Il décida de partir aux États-Unis où il fit une carrière honorable, passant de United Artists à Warner Bros. Mais à trente-cinq ans, le mal du pays et l'envie de retrouver ses proches le poussèrent à rentrer monter sa propre structure à Londres. C'est ainsi qu'il créa Heyday Films en 1996.

Ses bureaux neufs et sa photocopieuse dernier cri attendaient les projets. Au moment de recruter son assistante, son père avait insisté pour qu'il vienne en aide à l'une de ses anciennes collaboratrices, au chômage depuis de longues années. Ann Taylor avait à peine parlé lors de leur entretien, et semblait très peu cinéphile. Le dernier film qu'elle avait vu en salle était *Out of Africa* sorti en 1985. Mais David avait décidé de faire plaisir à son père. D'autant que ce dernier avait ajouté : « Tu sais, la vie n'a pas été très tendre avec elle… » Effectivement, les épreuves avaient altéré son estime de soi, au point de lui faire considérer la solitude comme le meilleur endroit où se réfugier.

Le jeune producteur passait ses journées à lire les scripts reçus, mais rien de passionnant n'arrivait. Ses parents venaient parfois déjeuner avec lui. David évoquait alors quelques projets d'une manière furtive ; on sentait bien qu'il valait mieux parler d'autre chose. Par ailleurs, il pleuvait tout le temps. Lui qui ne supportait plus Los Angeles commençait à regretter ses promenades nocturnes à Venice Beach. N'avait-il pas fait une erreur en revenant à Londres ?

Tous les lundis matin, il organisait une réunion avec des collaborateurs extérieurs, où Ann prenait en notes tout ce qui se disait. David voulait se spécialiser dans l'adaptation de romans, alors chacun se présentait avec une liste de livres susceptibles de devenir des films. Quelques jours auparavant, un paquet envoyé par Christopher Little était parvenu au bureau. Il s'agissait de *Harry Potter et la pierre philosophale*[1], un roman jeunesse qui n'était pas encore sorti en librairie. Sûrement à cause de la couverture colorée, Ann avait décidé de le prendre pour le week-end. Happée par l'histoire de ce garçon intégrant une école de sorciers, elle avait décidé d'en parler pendant la réunion. Mais sa timidité l'en avait empêchée. Durant toute la journée, elle avait voulu retourner voir David. Elle avait beau préparer et répéter les phrases qu'elle prononcerait, elle craignait de paraître ridicule. Pourtant, elle tentait de chasser son appréhension, portée par la certitude qu'elle devait partager

1. C'est le titre anglais. Il fut publié en France par les Éditions Gallimard sous le titre *Harry Potter à l'école des sorciers.*

son enthousiasme pour ce livre. Depuis des années, elle vivait comme coupée du monde. La lecture de ce roman l'avait propulsée dans une sorte de féerie joyeuse. Si cela lui avait fait du bien, alors d'autres personnes pourraient aussi être touchées, telle était sa conviction. Elle prit finalement le livre et son courage en mains, et se dirigea vers le bureau de David. Elle fut à nouveau arrêtée par sa peur et se figea soudainement. À cet instant précis, son patron sortit de son bureau pour découvrir sa secrétaire debout derrière la porte, immobile.

« Quelque chose ne va pas ?

— Pardon. Non, ça va. C'est juste que… ce matin, j'ai oublié de vous parler de ce livre », balbutia-t-elle en tendant le roman.

Elle aurait pu se contenter de cela, mais elle voulut lui raconter un peu l'histoire. Au premier abord, le sujet n'intéressa pas du tout David. Ce n'était pas le genre de film qu'il avait envie de produire. Il rêvait d'un drame psychologique lui permettant d'obtenir un Oscar. On parlait alors du projet sulfureux que s'apprêtait à tourner à Londres l'immense Stanley Kubrick, et qui réunirait le couple le plus glamour du monde : Nicole Kidman et Tom Cruise. Voilà ce dont il rêvait, et Ann lui parlait d'un orphelin volant sur un balai. Non, vraiment, c'était n'importe quoi. Elle se mit alors à tousser. La fragilité de cette femme désarmait totalement David. Si elle n'avait pas toussé, tout aurait peut-être été différent. Il s'empara alors du livre, par politesse, voire par pitié, et le rangea dans son sac en la remerciant.

10

Les jours suivants, il ne se passa rien. David avait sûrement oublié la recommandation de sa secrétaire. Entre-temps, elle avait relu le roman, comme pour conforter sa première impression. Frappée par la même évidence, elle osa demander à la fin de la réunion du lundi suivant : « Alors, vous l'avez lu ? » Aux oreilles de David, on aurait dit une relance de l'administration fiscale. Non, il n'avait pas eu le temps, répondit-il, ce qui était complètement faux. À vrai dire, il n'avait aucune envie de se plonger dans cette histoire, mais il repensa à cet instant précis aux mots de son père : « Tu sais, la vie n'a pas été tendre avec elle… » Au pire, il survolerait le récit, sauterait des pages. Alors, il promit de le lire. Ce qu'il fit dès le soir même. Tranquillement installé dans son fauteuil, il ouvrit le roman pour rencontrer la première phrase :

Mr et Mrs Dursley, qui habitaient au 4, Privet Drive, avaient toujours affirmé avec la plus grande fierté qu'ils étaient parfaitement normaux, merci pour eux.

Puis la seconde :

Jamais quiconque n'aurait imaginé qu'ils puissent se trouver impliqués dans quoi que ce soit d'étrange ou de mystérieux.

Et la troisième :

Ils n'avaient pas de temps à perdre avec des sornettes.

Et ainsi de suite, les phrases s'enchaînant les unes aux autres dans un style vif et réjouissant. En éclaireur des millions de lecteurs à venir, David ne put que reconnaître un surprenant souffle romanesque. Ce soir-là, il voulait regarder une émission de télévision de deuxième partie de soirée, mais l'envie lui en passa sans qu'il s'en rende compte. Il se laissa envahir par l'histoire, ne pouvant plus s'arrêter de tourner les pages. Depuis quand n'avait-il pas ressenti cela ? Il ne s'en souvenait pas. Peut-être *Moon Palace* de Paul Auster, et encore, c'était parce qu'il devait dîner avec l'auteur à l'issue de l'avant-première de son film *Smoke,* à New York. Finalement, la rencontre n'avait jamais eu lieu. L'écrivain réalisateur avait fui toute mondanité ce soir-là. Mais revenons à *Harry Potter*. Cela faisait donc longtemps que David n'avait pas éprouvé un tel plaisir de lecture. Il est très difficile d'imaginer aujourd'hui la sensation que l'on pouvait ressentir en lisant ce roman sans en avoir jamais entendu parler, en étant vierge de tout commentaire, en ne connaissant absolument rien du phénomène qu'il deviendrait ensuite. Il faut tenter de conceptualiser la lecture de *Harry Potter* avant le succès de *Harry Potter.* Une poignée de lecteurs dont David fait partie a donc eu l'exclusivité de cette expérience que seul un extraterrestre pourrait vivre à présent. Il n'était donc pas tout à fait aussi évident, avant même la parution du premier tome, de se dire : « Tiens, cette histoire ferait un bon film. »

Ce fut son intuition immédiate, et la quintessence de son talent de producteur. Déjà, il visualisait la maison des Dursley et l'école de Poudlard. Bien sûr, cela coûterait cher, mais il pourrait en parler à ses anciens partenaires de la Warner. Seul inconvénient, personne ne connaissait le livre ; et il était préférable, surtout pour un gros budget, d'adapter des histoires ayant déjà rencontré un large public. Son esprit s'agitait, mais n'allait-il pas trop vite ? Et si les droits n'étaient plus disponibles ? Il devait avant toute chose rencontrer cet auteur. Qui pouvait donc bien se cacher derrière ce J. K. ?

11

Le lendemain matin, après une nuit courte, David pénétra dans le bureau d'Ann. En découvrant sa mine blafarde, elle songea qu'il avait dû sortir à Soho toute la nuit. Il coupa net cette fausse interprétation nocturne en lui faisant part de son enthousiasme. Elle crut d'abord qu'il faisait preuve de politesse, car elle avait insisté. Mais non. Il se mit à évoquer l'histoire, et la multitude de détails évoqués ne laissait guère de place au doute : il avait dévoré le roman. Ann en ressentit une joie profonde, une joie qui pouvait paraître démesurée ; après tout, elle avait simplement conseillé un livre à son patron, et il partageait finalement son opinion. Mais c'était autre chose qui se jouait en elle. L'idée qu'elle était digne de confiance, que ses intuitions étaient bonnes. En d'autres termes, on pouvait encore compter sur elle. Quand on connaît la suite de l'histoire, il est probable que ce pansement sur ses doutes finirait par effacer le permanent procès en légitimité qu'elle s'intentait à elle-même.

« Savez-vous qui est cet auteur ? demanda David.

— Oui, je me suis renseignée. C'est une femme de trente-deux ans.

— Une femme ? Je ne sais pas pourquoi j'ai pensé à un homme.

— J'imagine que c'était le but. Semer la confusion, avec les initiales J. K.

— Ah oui, peut-être…

— Sur les épreuves, il n'y a aucune information supplémentaire, à part que c'est Little qui s'en occupe.

— Très bien. Appelez-le pour fixer un rendez-vous.

— Oui, bien sûr, je m'en occupe... », répondit-elle, avant de revenir voir David quelques minutes plus tard :

« Les Éditions Bloomsbury organisent justement un petit cocktail pour le lancement du livre. C'est ce soir, et l'auteure sera là.

— ...

— Vous êtes invité... »

Elle avait prononcé ces quelques mots d'une voix monocorde, comme si tout était normal. Il flottait comme un parfum d'évidence. David se rendrait au cocktail, et il rencontrerait J. K. Rowling. Il proposa à Ann de l'accompagner. Après tout, c'était elle qui avait découvert le livre. Elle réfléchit quelques secondes, puis déclina l'invitation. Elle trouva une excuse, elle devait nourrir Tchekhov et Tolstoï, ses deux chats, voilà c'était ça. Ann avait trouvé élégant que David lui propose de venir, mais elle ne se sentait pas à l'aise dans ce genre de soirée où il faut savoir à la fois sourire idiotement et dire des choses intelligentes. Elle goûtait en revanche l'idée d'être une sorte de conseillère de l'ombre. Ce soir-là, dans le métro bondé, personne ne pouvait imaginer que cette voyageuse allait entrer dans l'histoire du cinéma comme l'entremetteuse d'un succès phénoménal.

12

David sentit comme une pression monter en lui au moment d'arriver au cocktail. Après avoir donné son nom à l'entrée puis son manteau, il se dirigea vers le bar en quête d'un verre d'eau. Sa gorge était sèche ; tout en buvant, il balaya la salle du regard. À quoi pouvait ressembler cette auteure qu'il venait rencontrer ? Une jeune femme s'approcha alors de lui : « David ! Qu'est-ce que tu fais là ? » Sûrement à cause du trouble qu'il ressentait, il ne reconnut pas immédiatement la personne qui s'adressait à lui. Mais c'était une situation qu'il savait parfaitement gérer. Il lui suffisait de laisser planer la conversation dans le superficiel avant d'attraper au vol une information capitale lui permettant d'identifier son interlocuteur. Il s'agissait d'Emily, une camarade d'université. Elle travaillait maintenant au sein de la maison d'édition. C'était toujours mieux de connaître quelqu'un, pensa aussitôt le producteur. « Je viens rencontrer l'auteure… » finit par dire David. « Peut-être pour un projet de film », ajouta-t-il presque gêné. Emily se proposa de faire les présentations, mais elle ne voyait plus Joanne dans la salle. Elle était sûrement sortie prendre l'air. Elle en profita pour meubler le silence avant qu'il ne s'installe : « Habituellement, pour des petits tirages comme ça, on ne fait pas de lancement. On a convié quelques journalistes de la presse jeunesse, et des bibliothécaires qui vont organiser des concours autour de *Harry Potter*. »

Après quelques phrases de ce genre, Joanne apparut enfin. Emily et David s'avancèrent. La scène aurait mérité un ralenti au cinéma. Mais dans un roman… cela semble difficile… de ralentir… le rythme… d'une action… à moins… de mettre des… petits points.

« Ça va ? s'inquiéta Emily devant la mine pâle de Joanne.

— Oui, ça va. Je suis sortie un moment. C'est beaucoup d'émotion.

— Je comprends. Je te présente David. C'est un ami qui produit des films, et il voulait te parler.

— Ah… Bonsoir.

— Bonsoir. Je suis vraiment heureux de vous rencontrer, surtout après avoir passé plusieurs heures avec vos personnages. J'ai été émerveillé par votre livre.

— Est-ce qu'on peut s'asseoir ? » répondit l'auteure, comme s'il lui était impossible d'encaisser ce compliment à la verticale.

Emily s'éclipsa, jugeant préférable de les laisser converser. Ils se rapprochèrent d'une banquette sur laquelle Joanne s'installa aussitôt. David balbutia que, si ce n'était pas le bon moment, ils pourraient se parler plus tard, mais elle insista pour qu'il reste. Elle avoua être un peu dépassée par tout ce monde venu pour elle. Cette bienveillance organisée, elle n'y était pas habituée. Comment pouvait-elle imaginer que, bientôt, le monde entier ressemblerait à ce cocktail ?

Tandis que David reprenait son évocation du roman, Joanne baissa la tête. Il lui semblait encore incongru qu'on commente son travail. Comme si un étranger lui répétait ce qu'elle venait de confier à son psy. Joanne écoutait cet homme relater avec minutie les péripéties de Poudlard. Emporté par son enthousiasme, il se mit à parler du film qu'il avait déjà en tête. Cette fois, elle l'interrompit :

« Un film… vraiment ?

— Oui, un film.

— Écoutez, tout ce que vous me dites me touche vraiment, commença Joanne. Vous ne pouvez pas imaginer. Mais là, vous allez un peu loin.

— …

— Vous êtes un ami d'Emily, vous voulez que je passe une bonne soirée… et effectivement je passe une bonne soirée… mais ne me parlez pas d'un film. Qui suis-je pour imaginer ça ? Le livre n'est pas sorti, et peut-être qu'il ne va provoquer qu'un désintérêt général.

— Je ne crois pas.

— Vous ne croyez pas quoi ?

— Je pense que ça va être un succès, et que cette histoire est faite pour le cinéma.

— Ah bon ? fit Joanne, sans pouvoir masquer sa surprise.

— Oui, en vous lisant, tant d'images me sont venues…

— Et… vous voyez ça comment ?

— Un grand film d'aventures. J'ai travaillé

pour Warner Bros., aux États-Unis. Je suis certain qu'ils vont adorer.

— Je ne veux pas d'un film américain. *Harry Potter,* c'est une histoire anglaise. Alors, si jamais il y a un jour un film, comme vous dites, ça sera un film anglais. Avec des acteurs anglais.

— Oui… très bien, je comprends », répondit David, étonné par la tournure que prenait subitement la conversation. Deux secondes auparavant, elle était au bord de l'évanouissement, et voilà que surgissait subitement une défenseuse lucide de son œuvre. Quand il s'agissait de *Harry Potter*, on sentait en elle la puissance de l'évidence. D'ailleurs, elle ajouta : « Sans compter qu'il faudra faire plusieurs films, car il y aura sept tomes. Ils sont tous déjà écrits dans ma tête… »

13

Au cœur de la nuit, Joanne s'éveilla en sursaut, en se demandant si cette folle conversation avec un producteur avait bien eu lieu. Elle n'en était plus certaine. Pourtant, c'était bien réel. Ils avaient parlé plus d'une heure ensemble, et s'étaient promis de se revoir rapidement. Ce qu'ils firent bientôt à l'occasion d'un déjeuner. La discussion continua comme si elle ne s'était pas interrompue. Pour préparer ce rendez-vous, David avait lu le livre une deuxième fois. On pouvait toujours parler argent et casting pour convaincre un auteur de céder les droits d'un livre, mais le plus sûr demeurait toujours d'évoquer le texte. Il montrait son désir, et cela le rendait désirable. David allait même obtenir rapidement une réponse des studios Warner. Ils étaient partants pour s'engager à ses côtés. C'était une immense nouvelle, et aussi la preuve qu'il ne faisait pas fausse route. Il fallait à présent obtenir l'accord de Joanne, mais elle était encore comme déboussolée par tout ce qui se passait. Au-delà de tous les espoirs, et contre toute attente, le livre était en train de devenir un véritable phénomène. La conséquence, inévitable, ne tarda pas : d'autres productions commencèrent à s'intéresser au roman, et non des moindres. David pressa Warner d'acter sa proposition, il ne fallait plus perdre de temps. Angoissé à l'idée de passer à côté d'un tel projet, il traversa quelques nuits agitées. Mais Joanne le rassura finalement : elle ne se rendrait à aucun autre rendez-vous. Il avait été le premier ; il avait été celui qui avait cru en l'histoire avant le succès ; alors, ce serait lui. Oui, ce serait lui. Ils étaient dorénavant liés pour cette aventure qui allait durer une décennie. David avait peine à y croire ; il obtenait les droits d'un roman que toute la profession rêvait de ravir. Il avait le sentiment d'avoir acheté *La Joconde* alors qu'elle n'était qu'un projet dans le cerveau de Léonard de Vinci.

14

Tout le monde félicita David pour ce flamboyant succès. Les parents du jeune producteur étaient si fiers de lui[1]. Pourtant, en toute objectivité, rien n'était fait. On attendait maintenant un grand film. Avant toute chose, il fallait choisir un réalisateur. On évoqua Steven Spielberg, intéressé par le projet, à l'unique condition de faire le film avec Haley Joel Osment, le jeune acteur révélé par *Sixième sens*. Mais Joanne ne démordait pas de l'idée que les interprètes devaient être britanniques. Par ailleurs, tout comme David, elle préférait Terry Gilliam. L'ancien Monty Python avait réalisé des films un peu fous, comme *Brazil* ou *Les Aventures du baron de Münchausen* ; on l'imaginait aisément créer l'univers féerique de l'école des sorciers. Mais il fut vite écarté par la Warner ; réputation sulfureuse, trop d'ego, ça risquait de partir dans tous les sens. Plus tard, on lui reprocherait même d'être un réalisateur maudit, après qu'il aurait accumulé d'innombrables catastrophes sur le tournage de *Don Quichotte*. On pouvait difficilement envisager candidat plus différent, mais le studio pensa ensuite à Chris Columbus, qui venait d'enchaîner les triomphes de *Maman, j'ai raté l'avion !* et de *Madame Doubtfire*. J. K. Rowling esquissa un sourire en pensant à ce nom tout droit sorti de son univers,

1. Bientôt, on leur dirait très régulièrement : « Ah vous êtes les parents de David Heyman ! »

et admit que c'était là une option intéressante. On faisait le choix plus consensuel et rassurant d'un homme possédant le savoir-faire du film familial. Les producteurs voulaient surtout sécuriser un budget qui risquait de dépasser les cent millions de dollars. Car, avec le succès du livre, tout le monde y croyait maintenant. La préparation du film s'accompagnait d'une fièvre rare.

Pour interpréter Harry, David pensa d'abord à Jamie Bell, qui serait bientôt révélé dans *Billy Elliot*. Le producteur, ayant vu le film en projection privée, avait été époustouflé par la performance du jeune garçon. Mais il avait treize ans, bientôt quatorze. Il était bien trop âgé ; d'autant que tout le monde pensait déjà à la saga à venir. Sauf échec retentissant, les tournages risquaient de s'enchaîner pendant de nombreuses années : il fallait vraiment choisir un enfant de dix ans pour le premier opus. La quête de la perle rare s'annonçait compliquée. Janet Hirshenson et Susie Figgis, les directrices de casting, se mirent activement au travail, auditionnant des dizaines de jeunes acteurs. Comme on devinait qu'elle serait longue, cette recherche avait démarré en même temps que celle d'un scénariste, ce qui est plutôt rare. Habituellement, ce n'est qu'une fois le scénario écrit qu'on part à la chasse aux acteurs. Joanne ne voulait pas se charger de l'écrire. Non seulement elle ne s'en sentait pas capable, mais surtout elle préférait se concentrer sur la suite. Après mûre réflexion, David songea à Richard

Curtis, célèbre pour avoir écrit *Quatre mariages et un enterrement*. Ce choix pouvait paraître surprenant, mais il n'était pas incongru, selon lui, de traiter *Harry Potter* comme une comédie, et même une comédie romantique. Il le contacta. Ce dernier lui proposa de passer sur le tournage du film qu'il venait d'écrire, *Coup de foudre à Notting Hill*. Les scénaristes sont rarement présents sur les plateaux, mais là c'était différent ; il y avait beaucoup d'éléments personnels dans le script (jusqu'à la maison du tournage qui était inspirée de la sienne). Alors, il entendait prêter main-forte si l'on avait besoin de lui. Par ailleurs, il regrettait de ne pas signer lui-même la réalisation. Bientôt, il mettrait en scène ses histoires, notamment avec *Love Actually*.

15

C'est ainsi que David se rendit au 104 Portobello Road, adresse de la maison qui servait de décor principal. Sur le plateau, il salua Hugh Grant qu'il connaissait bien, mais impossible d'apercevoir Julia Roberts, qu'il aurait bien aimé rencontrer. Entre les prises, elle ne sortait pas de sa loge. À la pause déjeuner, David et Richard se dirigèrent vers un petit restaurant indien où ils seraient plus tranquilles qu'à la cantine. En préambule, le producteur avait fait parvenir le roman de J. K. Rowling au scénariste. Ils parlèrent de choses et d'autres, c'est-à-dire de Julia Roberts, puis Richard Curtis aborda enfin le sujet principal :

« J'ai été plutôt surpris que tu m'envoies ce roman. Ce n'est pas vraiment le genre d'histoires qu'on me propose…

— Je sais.

— Cela dit, j'étais content de le lire. Tout le monde ne parle que de ça. Et ça se comprend, c'est vraiment bien fichu.

— Tu sais, j'ai pensé à toi exactement pour les mêmes raisons qui font que tu trouves ça incongru. Je suis sûr que tu apporteras une vérité à Harry. Pour moi, c'est un enfant émerveillé par ce qu'il va découvrir. Ce n'est pas si loin de ce que tu écris, cette magie des sentiments…

— C'est gentil, mais franchement il y a trop de sorcellerie pour moi.

— Justement, je pense que le scénario doit être solide sur les enjeux réalistes. L'univers fantastique est déjà là, alors il faut accentuer le réel. Tous les enfants doivent se reconnaître en Harry Potter. Quand il est maltraité, au début, c'est une frustration que tu sauras décrire.

— Oui, enfin, il est accompagné d'un hibou plus intelligent que moi. Ce n'est pas vraiment mon domaine…

— Tu parles d'Hedwige, c'est une chouette.

— Tu vois, je confonds les chouettes et les hiboux, cela veut tout dire… » fit Richard en souriant.

La conversation dura encore un moment, sur un ton léger. À l'évidence, Curtis n'était pas le scénariste de la situation. Par ailleurs, il trouvait l'histoire franchement longue. Il y avait trop d'éléments, trop de personnages secondaires, trop de détails à connaître pour comprendre l'univers de Poudlard. Il aurait fallu faire un film d'au moins huit heures, selon lui. Bref, au-delà de son manque d'intérêt, il ne se sentait pas capable d'un tel travail et déclina poliment. Par ailleurs, il avait une excellente excuse pour ne pas froisser David, et éviter de mettre en péril une potentielle collaboration à venir :

« Je viens de m'engager sur un film qui va me prendre beaucoup de temps. C'est d'ailleurs une adaptation aussi.

— C'est quoi ?

— *Le Journal de Bridget Jones.* »

Il aurait pu me l'annoncer tout de suite plutôt que d'accepter une rencontre, pensa David. C'était presque désagréable. Mais Richard estimait qu'il fallait toujours écouter ce que l'on avait à vous proposer ; cela lui semblait élégant. Il y avait donc deux façons de considérer la même attitude, la version délicate et la version impolie.

*

Avec un peu de recul, David considéra que cet échange n'avait pas été inutile ; cela lui avait permis d'affiner sa vision du film. Curtis avait raison ; l'essence du projet était le fantastique.

Ne voyant plus vers quel talent britannique se tourner, il se mit à songer à quelques scénaristes américains. Et notamment à Steve Kloves. Avant même d'en savoir plus sur lui, Joanne ne sembla pas apprécier cette option. Encore une fois, son histoire était une histoire anglaise. Pour faire plaisir à David, elle accepta tout de même de le rencontrer. À la grande surprise de tous, elle fut très rapidement convaincue, et le contrat fut signé dans la foulée. Le soir même, alors qu'ils buvaient une coupe de champagne pour célébrer l'événement, David s'approcha de Joanne et lui demanda pourquoi elle avait si facilement changé d'avis. Elle regarda alors son producteur, qui était incontestablement en train de devenir un ami, et avoua : « Il m'a dit que son personnage préféré était celui d'Hermione. »

*

David paya l'addition, et raccompagna Richard sur le plateau. Depuis son retour à Londres, il n'avait pas produit de film, alors il eut envie de rester un peu pour assister à la scène suivante. Cette effervescence lui manquait ; il n'en pouvait plus des journées au bureau et des rendez-vous dans des restaurants. Enfant, il passait des heures sur les tournages, à suivre ses parents ; il adorait ça. Quand il s'approchait d'un décor de cinéma, il retrouvait le souvenir de ses premiers émerveillements. Et même : le temps de son innocence. Et c'est précisément au cœur de cette bulle de nostalgie qu'il aperçut, de l'autre côté de la rue, un petit garçon assis sur une chaise. Les lunettes rondes, les cheveux noirs en bataille, autant le dire tout de suite : ce fut comme une apparition.

16

Quand on pense au hasard qui déposa Martin sur la route de David Heyman, et plus encore avec ces lunettes sur le nez, on n'est pas loin de croire à de la sorcellerie. Pourtant, tout est vrai. Chaque détail. Ce n'est pas Martin qui racontera cela, mais Susie Figgis, la directrice de casting, lors d'un documentaire sur les coulisses du film, diffusé en 2011 sur la BBC.

Pour l'heure, le producteur s'approchait du jeune garçon, avec une grande fébrilité, quasi chancelant. Une fois devant lui, il chercha ses mots, avant de décider de se présenter simplement :

« Bonjour, je m'appelle David, et toi ?

— Martin.

— Tu fais quoi ici ?

— Je vais faire de la figuration tout à l'heure.

— Les figurants ne sont-ils pas tous au même endroit ? En général, ils sont à l'écart du plateau…

— Je ne sais pas. Je suis avec mon papa.

— C'est qui ton papa ?

— John Hill.

— Il travaille sur le film ?

— Oui, il est accessoiriste.

— Ah… je comprends. Et tu aimes ça, être figurant ?

— Je ne sais pas trop. Ça n'a pas commencé. Mon papa m'a juste dit que je devrais marcher dans la rue, tout à l'heure.

— Oui, ça va être sympa, tu vas voir. Moi aussi, quand j'étais enfant, j'allais sur les tournages avec mes parents. Tu accompagnes souvent ton père, comme ça ?

— Pratiquement jamais. C'est juste que Rose, elle pouvait pas me garder.

— C'est qui, Rose ?

— Ma baby-sitter… »

David essayait de rester calme, mais il se sentait grisé. Au-delà de l'incroyable ressemblance physique avec le personnage, ce garçon faisait preuve d'une grande décontraction. D'autres enfants, dans un environnement étranger, interrogés par un adulte inconnu, auraient pu se montrer mal à l'aise. Ce n'était pas du tout le cas de Martin. Ils parlèrent encore un peu de choses et d'autres. Le producteur n'avait pas envie de se lancer de manière trop frontale, mais il finit par demander :

« Tu aimerais faire du cinéma ?

— Je ne sais pas.

— Jouer dans un film. Être un personnage. Pas juste un figurant. Ça pourrait t'amuser ?

— … »

À cet instant, John s'approcha et interrompit la conversation :

« Bonjour, je suis le père de Martin, il y a un souci ?

— Non, non, pas du tout. Je m'appelle David Heyman et je suis producteur. J'étais juste en train de discuter avec Martin…

— Oui, je vois ça, répondit John d'un ton sec, ayant visiblement trouvé louche qu'un homme vienne ainsi accoster son fils.

— J'aimerais beaucoup vous parler, si c'est possible, enchaîna David.

— À propos de quoi ?

— J'étais en train de demander à Martin si ça l'intéresserait de faire du cinéma…

— Mon fils ?

— Oui. »

Quelqu'un appela John, pour ce qui semblait être une intervention urgente.

« Je dois y aller. On va bientôt tourner…

— Oui, bien sûr, je comprends. Je vous laisse ma carte et, si vous le voulez bien, on en parle tranquillement ce soir. Ou quand vous pouvez… »

John prit la carte de David, dit à son fils qu'ils allaient bientôt tourner la scène dans laquelle il devrait marcher dans la rue, et repartit en courant. Martin n'avait jamais vu son père dans un tel état de stress. Lui qui était la nonchalance incarnée subissait une grande pression sur ce tournage. David et Martin continuèrent à parler un moment, mais sans évoquer *Harry Potter*. Il était préférable d'avoir cette conversation dans un contexte plus calme, et sans se presser. David n'avait finalement pas le temps d'attendre la scène suivante. Il devait retourner à son bureau. Il serra la main de Martin en prononçant un « à bientôt... » de manière appuyée. Aussi incroyable que cela puisse paraître, en quittant le plateau, il tomba nez à nez avec Julia Roberts. C'était bien le signe que quelque chose de miraculeux venait de se produire.

17

John attendit que son fils soit couché pour appeler David Heyman. Ce dernier répondit qu'il était dans la rue ; les bruits de la ville en attestaient. À l'époque, un portable était encore un gadget de riches, un artifice réservé à ceux qui voulaient souligner leur importance. John pensa furtivement qu'il aurait adoré inventer cette machine, avant de se concentrer sur les propos du producteur. Ce n'était certes pas un pervers, comme il l'avait d'abord imaginé. À vrai dire, l'intuition de John avait toujours été pitoyable. Quand on lui demandait qui allait gagner la prochaine élection, il donnait systématiquement le nom du perdant. Un peu plus tôt dans la journée, il s'était donc précipité vers cet homme, le coupant sèchement en pleine conversation, et lui attribuant par avance les plus horribles vices. Alors que ce dernier voulait juste faire passer des essais à son fils, des essais pour *Harry Potter*. C'était donc ça, sa proposition. Il avait vu en son fils un potentiel interprète pour le film qu'ils allaient tourner ; plus encore, selon lui, la ressemblance avec le personnage principal était sidérante. Qui était Harry Potter, en revanche, John n'en avait pas la moindre idée. Depuis que Jeanne était partie, il ne suivait plus les informations. Il était complètement passé à côté du phénomène. C'était sa femme qui, auparavant, faisait infuser le réel dans la famille. À présent, il n'y avait plus de raisons de prêter attention à l'actualité. Il arrivait même à John d'imaginer que son esprit était resté bloqué en 1992 ou 1993, coincé quelque part entre deux jours heureux.

Après avoir raccroché, il entra dans la chambre de Martin pour le regarder dormir. Quand il était bébé, il allait souvent vérifier sa respiration. Les années passant, il n'avait jamais renoncé à ce rituel nocturne. Rien n'égalait à ses yeux le spectacle de son fils bercé par les rêves. C'était une contemplation qui avait le pouvoir de chasser l'amertume. À cet instant, le réel s'offrait dans une éclatante simplicité, dépouillé des incertitudes. John était fasciné par la profondeur du sommeil des enfants. On pouvait leur jouer de la clarinette dans les oreilles (certes, c'était plutôt rare, excepté dans les familles de pervers mélomanes), ils demeuraient enveloppés dans le caisson étanche de leur nuit. C'était peut-être ça, finalement, la plus grande force de l'enfance :

ce sommeil absolu. Rien ne peut nous arriver quand on dort ainsi. À quel moment de la vie perd-on cette capacité ? Vers quatorze ou quinze ans. La crise d'adolescence vient peut-être de là, de cette fuite du repos parfait. John n'avait pas dormi ainsi depuis si longtemps. Plus jamais il ne côtoyait cette profondeur nocturne où l'on n'emporte rien du jour.

Et cette nuit-là ne dérogea pas à la règle. John resta éveillé, ressassant mentalement les paroles du producteur. Ce dernier avait paru si sûr de son intuition. Il arrivait souvent qu'on repère ainsi de futures stars, un peu par hasard. Peu de temps auparavant, il avait d'ailleurs entendu une histoire de ce genre au sujet de Bruce Willis ; sa carrière avait démarré après qu'il eut tapé dans l'œil d'un directeur de casting alors qu'il était barman à Los Angeles. Dans le dédale de ses pensées nocturnes, John s'imaginait déjà assis au premier rang lors d'une avant-première. Pourtant, il connaissait la chanson. Combien de promesses non tenues et d'espoirs brisés, dans les histoires de cinéma ? Mais on pouvait être lucide, tout en se laissant aussi aller au fantasme. Rien n'interdisait d'embrasser rapidement une certitude dans le monde des hypothèses. Il continua donc à se laisser dériver dans la meilleure version du scénario. En toute logique, celle-ci incluait le retour de Jeanne à Londres. Forcément, elle viendrait se rapprocher de son enfant, et leur couple s'offrirait un second souffle. C'est sur cette image que John s'endormit, comme si on pouvait rêver avant de rêver.

18

Le lendemain matin, John prépara le petit déjeuner de son fils, mais estima que ce n'était pas encore le moment de lui parler. À ses yeux, ce qu'il avait à dire ne rentrait pas dans la catégorie « conversation assise ». C'est seulement sur le chemin de l'école qu'il lui fit part de son échange avec le producteur. « Bien sûr, je connais *Harry Potter* ! Tout le monde est en train de le lire à l'école », répondit aussitôt Martin. Deux phrases lapidaires qui accentuèrent le sentiment de déconnexion de John. Il se rendait compte chaque jour davantage de sa capacité à slalomer entre les modes. Il expliqua alors la situation à son fils. L'homme venu lui parler sur le tournage pensait qu'il ressemblait beaucoup au personnage principal. Martin trouva cette nouvelle incroyable. S'il n'en avait pas eu la curiosité jusque-là, il avait hâte maintenant de se plonger dans le livre. Ressemblait-il vraiment à Harry ? Personne ne lui avait jamais dit une chose pareille.

*

Une fois qu'ils furent arrivés devant l'école, John entra dans le vif du sujet :

« Ça t'amuserait de passer des essais ?
— C'est quoi ?
— Tu joues devant la caméra, et ils verront si ça convient.
— Mais je ne suis pas acteur.
— Parfois, ils prennent des gens qui ne sont pas professionnels dans des films. Si on t'explique bien la situation, tu y arriveras, j'en suis sûr.
— Je ne sais pas.
— À mon avis, ça ne coûte rien d'essayer. Et ça pourrait sûrement être marrant… »

Bien plus tard, Martin repenserait à cet échange, et plus particulièrement à cette phrase de son père : « Ça pourrait sûrement être marrant. » Cela lui donnerait des frissons dans le dos. Rien d'étonnant, quand on sait la quantité de bouleversements que cette aventure allait provoquer.

*

Pendant la journée d'école, Martin glissa, exactement comme son père la veille, vers la meilleure version de l'histoire. Entre deux exercices d'arithmétique, il se voyait déjà en star de cinéma, et peut-être même faisant une apparition dans le prochain clip de Michael Jackson. On le regarderait avec des étoiles dans les yeux, et Betty se mordrait les doigts de l'avoir repoussé. Dans sa grande mansuétude, il lui pardonnerait son erreur initiale, et ils pourraient enfin s'aimer. En effet, Martin voyait assez loin, dans les conséquences potentielles du succès. John, avec son pied resté sur terre, avait pourtant bien précisé à son fils que rien n'était fait. C'était juste un essai, rien de plus. Plus encore, il avait ajouté que des dizaines d'enfants se battraient sans doute pour obtenir le rôle. Mais cela n'avait pas empêché Martin de rêver, tout comme n'importe quel joueur de loto pense à ce qu'il achètera avec sa future fortune au moment de cocher les numéros.

19

Le soir même, le père et le fils décidèrent de parcourir ensemble les premiers chapitres du livre. John était allé l'acheter pendant sa pause déjeuner ; dès l'entrée de la librairie, une pile de J. K. Rowling attendait tout nouvel arrivant. Le succès entraînant le succès, on ne pouvait plus désormais atteindre le moindre livre sans passer par la case *Potter*. Adepte de littérature russe, ne s'étant jamais aventuré dans les rayons jeunesse ou fantastique, John se laissa pourtant aspirer par l'histoire. Il apprécia particulièrement l'humour de l'auteure, souriant à chaque évocation des ridicules Dursley. John finit même par se reconnaître dans le jeune Harry, avec sa vie perfusée à l'injustice. À vrai dire, tout le monde éprouvait cette connivence avec le héros. Il y avait un ingrédient universel dans ces pages. Harry Potter était notre part de rébellion, notre désir de posséder des pouvoirs pour éradiquer les cons, notre rêve d'une vie meilleure.

Pour Martin, l'identification était plus flagrante encore. Il traquait dans chaque mot la preuve qu'il s'agissait bien de lui. Il comprenait à présent l'évidence qu'avait ressentie le producteur. Effectivement, les descriptions de Harry, de ses cheveux à son attitude générale, offraient une réelle résonance avec ce que lui-même dégageait. À n'en pas douter, il suffisait de lui mettre une baguette magique dans la main pour qu'il devienne le jeune sorcier. Mais la ressemblance n'empêchait pas de préparer le rendez-vous. Les essais avaient été fixés au lundi suivant, ce qui laissait peu de temps. D'autant que Martin serait à Paris pendant le week-end. Il leur restait donc deux soirées pour tenter d'anticiper ce qu'on allait lui demander. John poussa tous les meubles du salon pour faciliter les déplacements, commanda une grande pizza, et s'improvisa professeur d'art dramatique :

« Au début du roman, il se dégage deux émotions principales. La première c'est bien sûr la tristesse. Et encore, je suis gentil, car on pourrait clairement parler de souffrance. Le pauvre Harry, qui est déjà orphelin, est maltraité par son oncle et sa tante, et leur affreux fils Dulley.

— Dudley, rectifia Martin.

— Ah oui Dudley pardon. Bref, c'est vraiment cette émotion qu'ils vont vouloir voir chez toi. Harry est enfermé dans un monde où il ne peut rien faire. Quant à la deuxième, c'est à mon avis l'émerveillement. Tu vas découvrir un monde extraordinaire, inimaginable. Il y a la scène du serpent au zoo, mais ça commence surtout avec l'arrivée du géant Hagrid…

— C'est un demi-géant papa.

— Ah oui, c'est ça. C'est bien mon chéri, tu as noté tous les détails… J'en étais où déjà ?

— L'émerveillement.

— Oui voilà, c'est ça. Le jour de ton anniversaire, tu apprends que tu es un sorcier très célèbre… Tu imagines ? C'est dingue… Alors voilà les deux sentiments qu'on va explorer ce soir : la tristesse et l'émerveillement. Tu préfères commencer par quoi ?

— La tristesse peut-être…

— Très bien. Alors dis-moi ce qui peut provoquer cela chez toi.

— Ben… de penser à votre séparation à toi et maman.

— Finalement, ça sera mieux de commencer par l'émerveillement. »

Après ce moment de gêne, Martin se laissa guider par les indications de son père : « Imagine que tu es à la gare, à la recherche du quai 9 3/4. Voilà… c'est ça… tu penses vraiment que c'est n'importe quoi ! Et là… tu comprends ! Tu vois d'autres enfants traverser le mur, et tu tentes aussi le coup. Oui, c'est ça… Pense que tu fonces vers un mur où tu pourrais t'écraser, mais non ! Hop ! Tu passes à travers ! Allez, vas-y mon chéri… »

Martin réfréna un rire face à l'agitation de son père qui secouait ses bras dans tous les sens, mais il se laissa prendre au jeu et mima la traversée d'un mur invisible. « Oh oui, c'est ça ! Bravo ! » s'enthousiasma John. On aurait dit deux fous tentant de faire vivre une superproduction dans un salon de vingt mètres carrés. Et finalement, c'était si plaisant. Ils s'amusèrent comme ils ne l'avaient pas fait depuis longtemps, allant jusqu'à oublier l'enjeu. John découvrait une nouvelle facette de son fils ; il était inventif, et doté d'un certain humour. Difficile de dire si l'on assistait à la naissance d'une vocation, mais à l'évidence il se passait quelque chose. En jouant un rôle, il arrive qu'on se trouve soi-même. Enfant sans passion véritable, Martin rêvait maintenant de s'inscrire à un cours de théâtre. Bien sûr, l'enthousiasme qu'il avait lu dans le regard d'un producteur était déterminant. On préfère toujours aller là où quelqu'un nous désire. Qu'il soit choisi ou non, cette aventure aurait au moins offert cette révélation à Martin : il adorait faire l'acteur.

20

Le vendredi soir, le duo se sépara à la gare de Waterloo. Jusqu'en 2007, ce serait de là que partirait l'Eurostar. Martin, qui s'était habitué à voyager seul, considérait ces trajets comme un avant-goût de la vie d'adulte. Ses sentiments s'entrechoquaient. En dépliant l'aluminium pour manger le sandwich préparé par son père, il pensait à lui. Cela lui déchirait le cœur de le laisser seul ; il se sentait toujours un peu coupable d'aller rejoindre sa mère. Cela ne l'empêchait pas d'être heureux pour elle. Il sentait bien qu'elle était plus joyeuse depuis qu'elle était retournée vivre en France ; ses sourires remontaient à la surface. Ainsi, Martin faisait des allers-retours entre les émotions de ses parents, de l'amertume à l'espoir, ne sachant plus toujours très bien où se situer. Une confusion émotionnelle comme accentuée par la conscience qu'il avait de se trouver dans un train roulant sous la mer.

Lorsqu'elle le retrouva, ce vendredi-là, Jeanne serra fort son fils dans ses bras ; un peu trop fort même, comme si le corps devait impérativement rattraper les jours passés sans se voir. Après cette étreinte, elle eut un mouvement de recul : « Ça me fait tellement bizarre de te voir avec des lunettes, mon chéri ! » Elle ajouta que cela lui donnait un côté John Lennon. Plus de doute : il avait davantage l'allure d'un petit Anglais que d'un petit Français ; au match des origines, le père avait gagné. Martin eut envie de lui demander : « Tu ne trouves pas plutôt que je ressemble à Harry Potter ? », mais il décida d'attendre encore un peu avant d'en parler. Il avait tenu plusieurs jours déjà, ne voulant pas raconter cette extraordinaire aventure par téléphone, de peur de manquer les réactions sur le visage de sa mère. Il fallait marcher une dizaine de minutes pour rejoindre l'appartement. Jeanne avait pris une location dans un bâtiment des années 1970 sans grand charme mais qui présentait l'avantage de se situer près de la gare, ce qui facilitait la logistique et raccourcissait les temps de déplacement. Pour limiter plus encore le traumatisme du changement, elle s'était ingéniée à décorer la chambre parisienne de Martin à l'identique de sa chambre anglaise. Tout était pareil : du papier peint à la housse de couette. Comprenant que cela partait d'une bonne intention, Martin n'avait pas voulu contrarier sa mère en lui disant qu'il trouvait ça franchement bizarre. Cela lui donnait l'impression de faire un long voyage pour se retrouver exactement au même endroit.

Une fois son sac posé, Martin annonça, l'air énigmatique : « Il faut que je te raconte quelque chose… » Sa mère s'inquiéta aussitôt, c'était forcément une mauvaise nouvelle. Tout en la rassurant, il fit traîner le plaisir de l'annonce. Quand elle eut entendu toute l'histoire, Jeanne était à la fois stupéfaite et pas étonnée : son fils était naturellement merveilleux et doté d'un charisme rare. Elle finit carrément par ajouter : « Je suis sûre qu'ils vont te choisir ! » Martin dut tempérer son emballement, en expliquant qu'il s'agissait actuellement du casting le plus important d'Angleterre.

« Ah bon ? Le plus gros casting… C'est quoi déjà, le titre ?

— *Harry Potter*.

— Harry quoi ?
— Potter.
— Jamais entendu parler… »

Le phénomène n'avait pas encore traversé la Manche. Dès le lundi, Jeanne se renseigna auprès du service culture de son journal et découvrit que la publication française était imminente, chez Gallimard, dans la collection Folio Junior. Impressionnée par le succès inouï rencontré par le roman en Angleterre, elle proposa d'écrire un article sur cette chômeuse devenue star en quelques semaines. C'est ainsi que la mère de Martin Hill fut la première à évoquer J. K. Rowling en France.

Au-delà de la promesse d'une incroyable aventure, Jeanne avait surtout été heureuse de constater l'enthousiasme de son fils. Elle s'inquiétait souvent pour lui, se torturait à l'idée de l'avoir abandonné à Londres. Alors, elle aussi se laissa dériver vers le rêve. Pour voir son enfant heureux elle était prête à prendre tous les raccourcis avec le réel. Par ailleurs, on pouvait penser qu'une sorte de magie s'emparait à présent de leurs vies, car il se produisit quelque chose de quasi céleste le lendemain. Alors qu'ils se promenaient le long de la Seine, ils se retrouvèrent devant la librairie Shakespeare and Company, où un exemplaire de l'édition anglaise de *Harry Potter* trônait au centre de la vitrine. Ils entrèrent dans la boutique pour acheter le roman. Au moment de payer, le vendeur soupira :

« Je me souviens très bien d'elle.

— Qui ça ? L'auteure ? demanda Jeanne.

— Oui. En voyant la photo sur la jaquette de présentation qui accompagnait la livraison, je l'ai tout de suite reconnue. Elle était étudiante à la Sorbonne, et venait traîner à la librairie presque tous les jours.

— C'est incroyable, dit alors Martin. Et elle était comment ?

— Assez énigmatique. Elle pouvait passer une heure à simplement regarder les couvertures des livres, comme si elle était fascinée par l'objet davantage que par le contenu. Plusieurs fois, j'ai essayé de lui parler, mais elle était extrêmement timide.

— …

— Vous le prenez ? » finit par s'enquérir le vendeur, réintégrant subitement la vie pragmatique.

Au prisme de ce qu'il venait d'apprendre, Martin observa le lieu comme s'il était subitement devenu magique. J. K. Rowling l'avait fréquenté, et les murs, qui ont une mémoire, devaient encore la voir. La veille, dans l'Eurostar qui le menait à Paris, il avait terminé le roman dans une sorte d'extase. Jamais il n'avait lu un livre aussi vite. Bien sûr, le contexte du casting lui avait donné une raison supplémentaire de dévorer l'histoire, mais c'était bien davantage que ça. Il avait éprouvé une telle connivence avec les personnages, comme s'il était possible de devenir ami avec des êtres de fiction. Martin rejoignait ainsi les grappes de groupies de plus en plus conséquentes. Alors oui, cela le mettait dans tous ses états de se trouver sur les traces de J. K. Rowling, de marcher dans ses pas. Il rêvait maintenant de la rencontrer.

21

Jeanne ne voyait pas l'intérêt de récupérer son fils le week-end pour le confier à une baby-sitter, alors elle l'emmenait partout. Ce samedi soir, elle comptait se rendre à un dîner chez des amis. Elle avait aussitôt précisé : « Tu verras, ça sera sympa, il y aura plein d'autres enfants. » Une information totalement fausse puisque seul un petit garçon de six ans était présent. Dès son arrivée, Martin comprit qu'il allait devoir s'occuper du gamin, d'autant plus que ce dernier était bien sûr fasciné par la présence d'un plus grand. Ils dînèrent tous les deux, à l'abri des adultes, dans une chambre et devant un dessin animé. Jeanne passait régulièrement voir son fils pour lui demander si tout allait bien. Il répondait oui par politesse, pour ne pas gâcher sa soirée. Elle portait une belle robe et s'était maquillée ; la nouvelle ère s'incarnait aussi physiquement. Martin avait même eu du mal à la reconnaître, quand elle était sortie de la salle de bains ainsi parée, et avait presque hésité à lui demander si c'était une soirée déguisée.

En arrivant, Martin avait dit bonjour à tout le monde, de cette manière polie qui rapproche parfois les enfants de singes savants éduqués pour briller en société. Il y avait deux couples, et un homme seul d'une quarantaine d'années. Ce dernier avait été particulièrement attentif à lui. Enfin, il avait essayé. On sentait une nature peu à l'aise avec tout échantillon humain de moins de vingt ans. C'était le genre d'adulte qui parlait aux enfants comme à des demeurés en détachant bien les syllabes : « Bon-jour Mar-tin ! Je m'appelle Marc et je suis très très con-tent de te ren-con-trer ! » On aurait dit la version morse d'une phrase. Jeanne se tenait à côté de son fils, et paraissait stressée aussi. Sans la moindre transition, comme un cheveu sur la soupe de la conversation, Marc annonça subitement qu'il adorait lui aussi le club Arsenal. Mais après deux phrases sur le sujet, on voyait bien qu'il n'y connaissait pas grand-chose en football, et qu'il avait simplement tenté d'acheter la confiance d'un enfant par l'évocation d'un pseudo-point commun.

Bientôt, Martin serait en mesure de décrypter cet étrange moment. Il fallait y voir l'attitude d'un homme qui se doit de plaire à un enfant pour conquérir une femme. Au fond, cela le rendait plutôt sympathique. Marc aurait agi de la même façon si Jeanne avait eu un chien, et qu'il eût fallu lui tapoter le dos en s'extasiant : « Gentil toutou, gentil ! » Au moment de partir, il serra la main de Martin, comme pour jouer une sorte de relation d'homme à homme, et embrassa Jeanne sur la joue en caressant son dos. Une caresse un peu appuyée, comme se refusant au code de la sensualité discrète.

Dans le taxi qui les ramenait à l'appartement, Jeanne demanda :

« Alors, tu l'as bien aimé, Marc ?

— Oui, ça va.

— En tout cas, lui, il a dit que tu étais adorable. Et il a une grande maison de campagne. Peut-être qu'on pourra y aller quand il fera beau ?

— Oui, si tu veux... »

Une fois dans son lit, Martin repensa à la main de cet homme dans le dos de sa mère. Bien sûr, elle était libre de vivre une nouvelle histoire, il le savait bien ; mais cela le torturait vis-à-vis de son père. Secrètement, et son fils le sentait bien, John espérait que les choses pourraient s'arranger, que la séparation serait temporaire ; il se mentait, de la même manière qu'il avait toujours inventé sa vie. C'était sûrement là qu'il exerçait le mieux son art de l'invention. Martin était probablement un peu semblable, doué pour l'ailleurs, doué pour rêver sa vie au lieu de la vivre. Rien d'étonnant à ce qu'on ait pu l'associer à Harry Potter ; il avait hérité d'une forme d'incompatibilité au réel, d'une aisance dans le monde imaginaire. Mais le concret le rattrapait toujours, et Martin se mit à pleurer en silence. Pour son père. L'image de l'homme touchant le dos de sa mère continuait de passer devant ses yeux. Un geste de rien, mais à travers ce simple geste, il avait compris que le passé était définitivement derrière lui.

22

Le lundi suivant, John vint chercher son fils à la sortie de l'école. Ils avaient rendez-vous à dix-sept heures avec la directrice de casting. Avant d'évoquer cette rencontre, il faut mentionner un dernier point pour le moins étrange. Deux semaines auparavant, le nouveau directeur de l'école, un homme qu'on aurait clairement pu qualifier de conservateur, avait décidé que tous les élèves porteraient dorénavant un uniforme. Pourtant, dans cette école publique, on avait toujours revendiqué une forme de liberté vestimentaire, histoire de se délester du poids des traditions anglaises très présentes ailleurs. Devant le tollé provoqué par cette mesure, il avait cédé du terrain, exigeant simplement le port d'une veste. Ainsi, Martin enfilait désormais chaque matin un blazer bleu marine agrémenté d'un écusson aux couleurs de l'établissement. Ainsi accoutré, en plus des cheveux et des lunettes, il semblait vraiment tout droit sorti de Poudlard. On aurait dit que le hasard le poussait chaque jour davantage vers le rôle. D'ailleurs, quand il arriva dans les bureaux de la production, Susie Figgis l'accueillit d'un : « Ah quelle bonne idée d'avoir mis une veste ! » Il est toujours troublant d'agir parfaitement malgré soi.

C'était une femme joviale et chaleureuse ; il était évident qu'elle aimait profondément son métier. Elle devait enchaîner les pièces d'amateurs dans toutes les banlieues de Londres dans l'espoir de dégotter une perle pour le prochain Kenneth Branagh ou Alan Parker. Au cœur de son travail, il y avait le fantasme incessant de la découverte : être celle qui perçoit avant tout le monde le génie chez un inconnu. Avec le casting de *Harry Potter*, elle était servie. C'était de loin la mission la plus excitante qu'il lui ait été donné de vivre. Le revers de la médaille était la pression énorme qu'elle subissait de la part de la Warner. Chacun sentait que le film, si grandiose soit-il, avec des décors impressionnants et des effets spéciaux époustouflants, resterait une coquille vide sans le bon Harry. Il lui fallait trouver le cœur du réacteur. Par ailleurs, les pistes étaient très avancées pour les autres rôles. À ce stade, Hermione était pratiquement choisie, et Ron n'allait pas tarder à l'être. Manquait toujours Harry, encore Harry. Susie avait déjà auditionné tellement de prétendants, tout comme Janet, l'autre directrice de casting. Il y avait toujours un problème. Soit l'acteur n'était pas à la hauteur, soit il était trop loin du personnage. Ou bien il était trop âgé, ou trop jeune. Certains restaient des candidats potentiels, mais il n'y avait aucune piste sérieuse. Et on n'allait pas engager cent millions de dollars sur un peut-être.

Sur le chemin du rendez-vous, John avait mis son fils en garde : « Tu sais, les gens qui ont du pouvoir en abusent. Ne te laisse pas déstabiliser. Ce qui compte, c'est ce que tu as en toi… » Difficile d'imaginer discours aussi peu en adéquation avec le réel. Susie avait immédiatement fait preuve d'une grande bienveillance, cherchant à mettre Martin à l'aise. Tout comme David Heyman, elle avait ressenti quelque chose de l'ordre de l'évidence face à ce nouveau prétendant. Elle n'osait y croire, mais c'était peut-être Harry qui venait de franchir la porte de son bureau. Avant de commencer, elle demanda à son assistant, Edward, de venir filmer l'audition. Quand il entra dans la pièce, elle ne tourna même pas la tête vers lui. Impossible de détacher son regard de Martin. Elle priait maintenant pour que les essais soient concluants. Mais elle savait aussi qu'avec un bon coach, et en multipliant les prises pendant le tournage, on pouvait transformer quiconque en acteur. Certes, c'était toujours plus facile d'obtenir le résultat avec quelqu'un de doué, mais tout était possible. L'incarnation physique était déjà une grande partie du travail. C'est d'ailleurs ce qu'évoqua Susie en premier lieu :

« Tu ressembles effectivement beaucoup à ce que nous cherchons.

— …

— Tu as déjà joué ?

— Non… jamais.

— Enfin, on a répété un peu la semaine dernière… intervint John, ce qui lui valut un regard glacial de la part de Susie ; elle avait l'habitude de la présence envahissante des parents lors des castings de mineurs.

— Tu as fait quoi ?

— Des exercices…

— Je m'adresse à Martin », coupa la directrice, franchement agacée par cette seconde intrusion.

John s'excusa. Il se sentit ridicule d'avoir à nouveau répondu à la place de son fils, et de prendre le risque de gâcher ce moment. Comment pourrait-on imaginer Martin capable d'être le héros d'un tel film si son père parlait à sa place ? Mais il était stressé pour lui. Depuis le mercredi précédent, il avait minimisé l'enjeu, prétendant qu'il serait « juste marrant de passer les essais », mais tout cela le rendait bien plus fébrile qu'il ne voulait se l'avouer. Pourtant, il n'y avait pas de quoi. Tout se passait très bien. Maintenant qu'il se taisait, son fils se débrouillait parfaitement. Susie lui posa des questions sur sa vie et ses occupations, puis on passa aux choses sérieuses. John se réjouit d'avoir vu juste lorsqu'il avait fait répéter son fils, en effet, la directrice de casting demanda à Martin de jouer une des scènes où Harry est maltraité.

« Dans le roman, le jeune garçon est vraiment le souffre-douleur de la famille. Pire encore, le passe-temps préféré de son affreux cousin, avec ses amis, c'est « la chasse au Harry ». Tu as lu le livre ? demanda Susie.

— Oui.

— Très bien. En tout cas, rassure-toi, on ne va pas faire de la chasse au Martin ! Edward va simplement te dire des choses… disons… un peu désagréables, et tu devras réagir comme tu le sens. Soit par des phrases, soit par des mimiques. Ça te va ?

— Oui, d'accord. »

L'assistant prit alors une feuille et se leva pour déclamer quelques insultes. Martin réfréna un fou rire, ça partait mal, mais il parvint à se concentrer. Pour se rapprocher de Harry, il ne devait pas être agressif dans ses réactions. Dans le roman, on voyait bien à quel point le héros avait une façon plutôt placide de laisser la haine couler. C'était d'ailleurs sa force, on n'avait pas de prise sur lui. Alors Martin esquiva les attaques, répondant par des pirouettes, et même de l'humour. Susie semblait agréablement surprise. Elle intervenait parfois pour préciser une intention, ou indiquer quelque chose à faire. Martin se libérait de plus en plus de l'enjeu, et prenait un évident plaisir à être ainsi dirigé. La directrice de casting lui demanda alors d'improviser une sorte de tirade de révolte : « Même si cela n'a rien à voir avec l'histoire, dis-moi ce qui t'énerve ! Dis-moi tout ce qui t'agace ! » Là, ce fut plus compliqué. Pas grand-chose ne le révoltait ; il n'allait tout de même pas parler de la récente défaite d'Arsenal ? Et puis, finalement, c'est en pensant au football qu'il se mit à évoquer le Quidditch, le sport pratiqué par les jeunes sorciers. Il s'énerva ainsi en changeant simplement les éléments de langage, furieux contre l'arbitre caché derrière un nuage ou l'utilisation d'un balai volant défectueux. À la fin de sa tirade, certes un peu hasardeuse, on le félicita. Il avait fait preuve d'une réelle inventivité, une qualité et un atout majeurs pour un acteur.

John constatait avec satisfaction qu'Edward et Susie se lançaient sans cesse des regards de connivence. Il aurait tellement voulu partager ce moment avec Jeanne. Mais il fallait rester concentré, car Susie enchaîna :

« Maintenant, je vais te demander quelque chose de difficile, et ce n'est pas grave si tu n'y arrives pas.

— D'accord.

— Tu vas essayer de pleurer. En général, les acteurs pensent à des éléments tristes de leur vie, mais il n'y a pas de méthode infaillible. Parfois c'est simplement mécanique, comme si on pouvait trouver un robinet à ouvrir sous les yeux... »

Martin sourit à l'évocation de cette image, ce qui n'était pas la meilleure façon d'entrer dans la concentration nécessaire pour aller chercher des larmes au fond de lui. Il jeta un regard furtif vers son père pour récolter un encouragement. Et il devint pensif. Vers quel souvenir pouvait-il dériver ? C'était une situation si étrange. Trois personnes le regardaient, attendaient de lui qu'il pleure. Et c'est exactement ce qu'il fit. Au bout d'une minute, le miracle liquide se produisit.

Susie s'approcha pour lui déposer une sorte de petite tape amicale dans le dos. Elle tentait de cacher l'agitation qui s'emparait d'elle. Il était important de ne pas donner de faux espoirs, surtout à un jeune acteur. Même si, pour sa part, elle était complètement emballée, la décision ne lui appartenait pas. Chris Columbus et J. K. Rowling auraient peut-être une autre perception de ce qui venait de se passer en visionnant les essais ? Mais elle n'y croyait pas. Ce gamin était formidable, il ferait forcément l'unanimité. Elle travailla encore un peu avec lui, sur des choses plus légères. Martin joua l'émerveillement et son arrivée à l'école des sorciers. Il improvisa à nouveau avec des éléments récoltés dans le livre, ajoutant ici ou là des références, et s'embarqua même dans une sorte de conversation avec Hedwige, la chouette de Harry Potter. C'était remarquablement élaboré ; son envie et sa capacité de travail étaient incontestables.

Il était presque dix-neuf heures quand la session prit fin. Sur le palier, ils se dirent au revoir à coups de grands sourires et de « on se tient au courant très vite ». Une fois dehors, John félicita son fils :

« Tu as pleuré, tu te rends compte ? Tu as pleuré ! C'est merveilleux…

— Oui, je suis content !

— Et deux heures, tu te rends compte ? Ça a duré deux heures. C'est très bon signe. Tu crois que cette femme aurait perdu deux heures de son temps avec un nul ?

— ...

— Deux heures, tu te rends compte ? »

Martin se réjouissait de l'enthousiasme horloger de son père, mais surtout il sentait que tout s'était bien passé. Il était soulagé. Trop excités pour rentrer, ils allèrent dîner de cheeseburgers dans leur fast-food préféré, repassant en détail la séance de casting pendant tout le repas. Une fois à la maison, John se précipita sur le téléphone : « Viens, il faut tout raconter à maman ! » Ce serait enfin une occasion d'avoir une discussion qui respire le positif. Mais personne ne répondit. Ils essayèrent une demi-heure plus tard, et le téléphone sonna à nouveau dans le vide. John masqua son désarroi, mais constater que Jeanne était dehors à cette heure-ci gâchait clairement une partie du bonheur qu'il éprouvait. Il l'imaginait en train de dîner au restaurant avec un homme. À vrai dire, elle mourait d'impatience d'avoir des nouvelles, mais avait été retenue au journal par une interminable conférence de rédaction. Dès la première heure, le lendemain matin, elle téléphonerait à son fils pour qu'il lui raconte tout.

23

De son côté, Susie avait appelé David aussitôt l'enfant et son père sortis de son bureau. Il était apparu dans la foulée pour visionner les essais ; face à l'écran, il n'avait rien exprimé. À la fin, il s'était tourné lentement vers sa directrice de casting, et l'avait regardée droit dans les yeux, d'un regard qui voulait dire : « Ça y est, on le tient ce putain de Harry ! »

24

Pour une fois, Martin eut beaucoup de mal à s'endormir. S'il était entré dans l'aventure avec nonchalance, il ne parvenait plus maintenant à maîtriser son excitation. Il pensait tout le temps à cette incroyable vie qui lui tendait les bras. Ce qui lui arrivait était tellement fou. Il tentait de se raisonner, de se rappeler que rien n'était fait, mais en vain. Son esprit arpentait tous les possibles pour progressivement détruire les barrières entre le réel et le rêve. Cette vie de star de cinéma, il l'avait entraperçue en allant sur le plateau de *Coup de foudre à Notting Hill*. Il avait observé l'aura qui entoure les acteurs. Cette effervescence sur leur passage et les gens qui retiennent leur souffle. Qui n'aurait pas fantasmé à l'idée d'être ainsi aimé ? C'était ça qu'on lui offrait. De fil en aiguille, il s'imaginait déjà dans les loges VIP des matchs d'Arsenal, il serait ami avec les joueurs, peut-être. Il traverserait le monde, en jet privé sûrement, et pourrait acheter un immense appartement où il donnerait de grandes fêtes. Il dériva ainsi longuement dans la meilleure version de son avenir. Il avait hâte de tout raconter à ses amis, de crier à la terre entière ce qu'il était en train de vivre. Mais son père lui avait conseillé de se taire pour le moment. On risquait de le parasiter en l'interrogeant, et cela finirait par lui mettre une trop grande pression. Il valait mieux être discret et n'annoncer la bonne nouvelle, dans un grand éclat de gloire, que quand tout serait signé. Garder la tête froide devenait tout de même très difficile ; l'aventure semblait si réelle, maintenant ; une vie miraculeuse l'attendait.

25

Le hasard est décidément vicieux. Avant de croiser la route de Martin, David Heyman avait jeté son dévolu sur un autre acteur. Il avait en effet repéré un certain Daniel Radcliffe dans un téléfilm de la BBC sur David Copperfield. Il avait déjà eu l'occasion de rencontrer son père par ailleurs, car il était agent littéraire. En dépit de ce lien, les choses n'étaient pas si simples. On parlait alors de tourner sept films, probablement à Los Angeles. Après réflexion, les parents du jeune Daniel avaient donc décidé que leur fils ne passerait pas les essais pour *Harry Potter*. Cela signifiait un trop grand bouleversement, et une déscolarisation. Le producteur avait insisté, mais rien n'y avait fait : c'était non.

Le destin en décida tout de même autrement, en choisissant de réunir à nouveau tous les protagonistes. Lors d'une représentation de la pièce *Stones in His Pockets,* David Heyman repéra Daniel et ses parents, à quelques sièges de lui. C'était forcément un signe. Pourtant, la pièce évoquait l'histoire d'une petite ville envahie lors du tournage d'un film hollywoodien qui conduit au suicide d'un figurant rejeté par l'actrice principale. Bref, ce drame sur le pouvoir destructeur du cinéma ne semblait pas être un contexte idéal. Mais David ne se souciait guère du sujet ; il avait passé la représentation la tête tournée vers sa proie.

Ils se retrouvèrent à la sortie. Après quelques échanges de politesses, on évoqua à nouveau *Harry Potter*. David ne tourna pas autour du pot :

« J'insiste encore… nous aimerions vraiment que Daniel passe les essais…

— Nous le savons, répondit la mère, mais on ne veut pas que Dan soit éloigné de l'école pendant si longtemps… »

Ses parents acceptaient que leur fils participe à des films, et peut-être voudrait-il devenir acteur plus tard, mais pour le moment la priorité était son éducation. David argumenta : un simple rendez-vous n'engageait à rien et ne pouvait qu'être une bonne expérience pour la suite de sa carrière. Et puis, la situation était différente, à présent : il y avait de grandes chances que le tournage se déroule à Londres. Le père de Daniel Radcliffe raconterait plus tard que tout s'était joué sur ce hasard d'une nouvelle rencontre. En revoyant le producteur, il avait pensé : « Peut-être que le destin veut nous dire quelque chose. » Et ils acceptèrent que Daniel passe des essais.

Ils continuèrent à échanger un peu devant le théâtre. David jetait des coups d'œil furtifs vers l'enfant. Il finit par l'interroger :

« Et le livre, tu l'as lu ?

— Oui.

— Tu as aimé ?

— Bien sûr.

— Qu'est-ce que tu as préféré dans l'histoire ?

— J'ai aimé que les parents du héros soient morts. Ça a l'air tellement bien d'être orphelin… » fit-il en lançant un sourire à ses parents.

26

De l'avis général, l'audition de Daniel fut plutôt médiocre. Contrairement à ce que le trait d'humour devant le théâtre avait laissé présager, c'était un enfant réservé. Certes, ce n'était pas forcément un handicap pour incarner Harry Potter, mais son attitude confinait parfois à l'introversion. Lui-même avouerait plus tard dans de nombreuses interviews à quel point il était complètement passé à côté de ce premier rendez-vous. En rentrant chez lui, il n'y pensait déjà presque plus ; c'était fini.

Il fut donc surpris d'être rappelé pour une deuxième session. Bien sûr, Martin Hill avait suscité l'enthousiasme, mais c'était toujours mieux d'avoir plusieurs options. Instinctivement, Daniel pensa qu'il y avait maintenant un coup à jouer. Il n'avait pas tort ; si on voulait le revoir après sa piètre prestation, c'était plutôt bon signe. Pour toute l'équipe, il correspondait si bien au personnage qu'il était absurde de ne pas lui offrir une nouvelle chance. Cette fois-ci, son envie d'être choisi était nettement plus forte. Il prépara l'audition avec sa mère. Étant elle-même directrice de casting, elle fit profiter Daniel de sa grande expérience. Contrairement aux essais de Martin, les images de ce deuxième passage devant la caméra sont faciles à trouver. Sans le savoir, cet enfant qui sourit timidement est sur le rivage de la célébrité. Avec le costume d'apprenti sorcier, les lunettes rondes, et la baguette en main, il n'y avait plus le moindre doute : Daniel Radcliffe devenait un candidat très sérieux pour le rôle.

La partie la plus complexe de l'aventure débuta alors. Les parents de Daniel apprirent que les jeunes comédiens n'étaient plus que deux en lice. Leur fils était en concurrence avec un certain Martin Hill. Comme ils n'avaient jamais entendu parler de lui, ils se renseignèrent. C'était l'enfant d'un accessoiriste rencontré par hasard sur un plateau et qui n'était pas du tout acteur. Un profil atypique qui devait avoir un sacré talent pour être arrivé à ce stade. Initialement réticents, les parents Radcliffe s'étaient eux aussi pris au jeu à la suite du second essai. Ils en arrivaient à estimer maintenant que ce serait une chance formidable pour leur fils d'obtenir un tel rôle. Quant à Daniel, il s'était mis à rêver ; tous ses amis avaient lu le livre, et il imaginait leur tête s'il leur annonçait qu'il allait être Harry Potter. Ce serait tout simplement incroyable.

Les deux finalistes furent convoqués pour une nouvelle audition, avec du texte à apprendre cette fois-ci, et en présence de Chris Columbus. Le réalisateur, qui avait travaillé avec Macaulay Culkin, savait diriger un enfant et le pousser à révéler le meilleur de lui-même. Il fut conquis par les deux prestations, pesa le pour et le contre, et en conclut que le choix serait très compliqué. Il était préférable de passer immédiatement à l'étape suivante : l'audition avec les partenaires. En observant l'alchimie du trio, on pourrait trancher. Pour Hermione, Emma Watson avait obtenu le rôle. L'affaire avait été d'une grande simplicité ; elle s'était immédiatement détachée des autres filles. Lors de son audition, elle avait fait à la fois preuve de concentration et d'espièglerie. On sentait par ailleurs qu'elle désirait follement être choisie. Son énergie avait tout emporté. Lors de la première conférence de presse, quand les acteurs seraient présentés au monde, avant même le début du tournage, il n'y aurait plus le moindre doute : Emma Watson avait tout d'une future star. Pour Ron, le processus avait été un peu plus long. Dans un premier temps, Rupert Grint avait auditionné pour le rôle de Harry, avant d'être réorienté vers celui de l'ami tendre et indéfectible.

C'est ainsi que Daniel Radcliffe puis Martin Hill se retrouvèrent face à Rupert Grint et Emma Watson. Rien de moins évident : il fallait parvenir à faire croire d'emblée que deux inconnus étaient vos meilleurs amis. À ce jeu-là, Daniel fut le meilleur. Ayant déjà joué dans un film, il possédait l'expérience nécessaire pour interagir avec des partenaires. Il avait ri aux facéties de Ron, tout en se laissant guider par l'énergie d'Hermione. Le trio fonctionnait, c'était incontestable. Mais, pour le reste de l'audition, il était resté un peu trop en retrait ; comme s'il avait eu peur de voler la lumière aux autres. À vrai dire, c'était simplement sa façon d'être, et finalement elle correspondait plutôt bien à l'attitude d'un Harry Potter angoissé par la découverte d'un monde inconnu.

Ce fut ensuite au tour de Martin. Pour lui, les choses se passèrent un peu moins bien. Immédiatement, il se sentit écrasé par le poids de l'enjeu. L'événement était bien trop important pour être vécu avec aisance. Au moment de jouer, ses jambes s'étaient mises à trembler. Pourquoi n'avait-il pas ressenti cela la fois précédente ? Tout était différent aujourd'hui, alors que la victoire paraissait accessible. Rien à voir avec le premier jour, quand il n'avait rien à perdre. Là, il avait tout à perdre. Sa vision aussi commença à se troubler. Il sentait tous les regards posés sur lui, dans l'attente des mots qu'il allait prononcer. Les deux autres acteurs essayaient de l'encourager. Même s'ils voguaient à présent dans la décontraction d'avoir été choisis, ils éprouvaient encore le ressac de leur trac récent. Le réalisateur s'approcha finalement pour réconforter Martin. Il n'y a rien de grave, cela arrive à tous les comédiens, même les plus expérimentés, veux-tu faire une pause ? Boire quelque chose ? Martin tenta de sourire, mais sa mâchoire ne répondait plus. Il avait tellement honte, lui qui s'était déjà vu en Harry. Plus encore : il se sentait Harry. La nuit précédente, il avait encore lu le livre, s'estimant plus proche que jamais du personnage. Et puis, il fallait ajouter un dernier élément : avant de passer l'essai, on lui avait montré quelques maquettes des décors. Poudlard s'était incarné à ses yeux, avec sa grande salle de réfectoire. Cela avait certainement concouru à son stress ; il avait regardé le rêve droit dans les yeux.

Il est si facile d'abandonner. On se laisse aller ; on abrège l'épreuve avec plus ou moins de dignité. Ce ne fut pas le cas de Martin. Il fit demi-tour dans ses émotions, et trouva de nouvelles ressources. On redémarra la session, et les choses se passèrent bien mieux. Martin s'en voulait vraiment d'avoir offert une si mauvaise impression, mais on pouvait saluer sa capacité à surmonter sa peur. Columbus semblait d'ailleurs surpris par ce revirement de situation ; ce qui jouerait peut-être en la faveur de Martin. Il y a un surplus de flamboyance à réussir quelque chose après l'avoir d'abord raté. Les trois enfants devaient interpréter une scène pendant laquelle Hermione raconte ses découvertes à propos d'un certain Nicolas Flamel. Ron et Harry devaient lui poser des questions, et commenter ses dires. Pendant de nombreuses minutes, ils quittèrent le réel, aspirés par l'univers de J. K. Rowling. Tout paraissait anodin et ludique, alors que ce qu'ils vivaient pouvait changer une vie. Un jeu d'enfant avec un enjeu d'adulte.

27

À la fin de la session, Martin se sentait en pleine forme, comme galvanisé par la féerie. Il voulait jouer encore et encore. Il rêvait d'autres scènes, avec de l'aventure et des péripéties. En tout cas, il pouvait être satisfait ; après un démarrage laborieux, il avait réussi à donner le meilleur de lui-même. Tout le monde lui avait glissé un mot gentil. Mais n'était-ce pas pour le rassurer ? Non, cela paraissait sincère. Rupert l'avait félicité, et Emma avait ajouté que c'était *super chouette* de jouer avec lui. Chris Columbus était resté un long moment avec lui pour échanger, et parler du rôle. L'avenir paraissait si concret.

Mais, autant le dire, la balance penchait en faveur de Daniel. Pourtant, ce ne fut pas aussi simple que cela. Le choix de la production serait irréversible, et engagerait toute la destinée de la potentielle saga. On jaugea les atouts et les défauts de chacun des candidats, et cela s'équilibrait dans une terrible équation. Les représentants de la Warner firent le voyage depuis les États-Unis, et on organisa une grande réunion à Londres avec David Heyman, Chris Columbus, et J. K. Rowling bien sûr. Chacun donna son avis. Bien plus tard, dans un entretien accordé au *Huffington Post*, que l'on trouve facilement sur Internet, l'une des directrices de casting résumerait ce qui s'était vraiment passé à cette époque.

*

EXTRAIT DE L'INTERVIEW
DE JANET HIRSHENSON
(2016)

Nous avons de nouveau regardé les tests de Daniel. L'autre garçon était génial, vulnérable et ressemblait beaucoup à Harry. Cependant, nous savions que Harry allait devenir un jeune adolescent qui s'affirme et qui a du caractère. Daniel avait ces deux côtés, il était très vulnérable mais avait ce petit quelque chose en plus qui lui donnait « du cran ». Pour résumer : Daniel avait « les tripes » pour assumer ce rôle.

*

Voilà donc pourquoi Daniel Radcliffe avait été choisi. Une question d'intuition : il aurait la force mentale de traverser une expérience extrême. Mais, plus encore. Au cœur de cette déclaration, la directrice de casting utilise une expression fascinante : « ce petit quelque chose en plus ». Cette qualité impossible à définir avait donc été décisive. Si Martin avait demandé : « Pourquoi lui et pas moi ? », on lui aurait répondu que tout était de la faute de *ce petit quelque chose en plus*.

Cela pouvait rendre fou de passer à côté de tellement pour si peu.

C'est ainsi qu'une vie humaine bascule du mauvais côté. C'est toujours un rien qui fait la différence, comme si le simple positionnement d'une virgule pouvait changer la signification d'un roman de huit cents pages.

28

Il fallait maintenant prévenir les deux finalistes. D'abord la bonne nouvelle, d'abord rassurer le champion choisi, et on s'occuperait ensuite du perdant. À n'en pas douter, la déception de Martin Hill serait immense. Personne ne pouvait imaginer à quel point ce serait douloureux.

Pour l'instant, Daniel se prélasse dans un bain moussant, il joue avec un petit canard qui a moisi avec les années. Il faudrait s'en débarrasser, mais il est difficile de jeter les vestiges de l'enfance. Depuis plusieurs jours, il est paralysé par l'attente, et ses parents sont dans le même état. Alors, il passe son temps à barboter, comme si les heures pouvaient s'écouler plus vite dans l'eau. Soudain, il entend le téléphone sonner. Une sonnerie, puis deux, et trois, pourquoi son père ne répond-il pas, si ça continue il va devoir sortir du bain et se précipiter dans le salon pour décrocher l'appareil, mais non, pas besoin, c'est bon, il entend la voix de son père qui a enfin répondu, il ne bouge plus, il essaye d'entendre, est-ce que ça a un lien avec lui, le casting, il n'en peut plus d'attendre, c'est un supplice, pourquoi son père parle-t-il si bas, on n'entend rien, ce n'est pas bon signe, c'est même sûr, c'est mauvais signe, quand on apprend une bonne nouvelle on se manifeste, on peut même aller jusqu'à crier de joie, surtout pour une telle nouvelle, mais là, non, rien, pas un bruit, pas une réaction, comme la mort dans le salon, et la conversation qui dure, qui dure encore, pourtant son père déteste parler au téléphone habituellement, l'eau est froide maintenant, c'est inconfortable, le moment devient insupportable, mais Daniel s'imagine subitement que s'il sort de l'eau il n'aura pas le rôle, une lubie qui lui passe par la tête comme ça, un étrange jeu avec son esprit, mais c'est ainsi, il doit rester dans son bain tant qu'il ne connaît pas l'objet de cet appel, il faut croire que cela a un effet, son père raccroche enfin, mais rien ne se passe, c'est un silence qui s'empare de l'espace, il est visiblement retourné dans son bureau, donc ça n'était pas un appel de la production, toujours pas, toujours pas, toujours pas, il va encore demeurer entre deux vies, il n'arrive plus à être Daniel et n'est pas encore Harry, ça commence à être mauvais signe toute cette attente, oui c'est idiot de continuer à y croire, c'est foutu, vraiment c'est foutu, mais au cœur de cette vague négative il entend comme des pas s'approcher, oui c'est bien ça, des pas vers lui, son père veut forcément lui parler, oui, il n'y a plus de doute, dans une seconde il ouvrira la porte, Daniel fixe son regard sur la poignée, ses pensées explosent alors dans tous les sens, dans la confusion des interprétations, pourquoi son père vient-il maintenant, heureusement le chaos des interrogations est bref, enfin il ouvre la porte, avec un visage inédit, on dirait un inconnu qui se tient debout face à lui, immobile, comme pétri de gravité, laissant planer le silence quelques instants avant de le rompre ainsi : « C'est toi. »

29

Quelques années auparavant, David Heyman avait reçu une lettre d'Olga, sa fiancée d'origine russe. Elle avait été son premier grand amour, celui qui se transforme souvent en condamnation à perpétuité du souvenir. Ils s'étaient rencontrés à l'âge du lycée, et avaient vécu quelques mois émerveillés. Mais elle avait finalement décidé de rompre ; par écrit. Les Russes ont, c'est bien connu, le drame littéraire. David n'avait pas oublié la terrible sensation : ouvrir, le cœur battant, une enveloppe de son adorée et se retrouver face aux mots du rejet. Il ne pouvait rien rétorquer. La lettre est une conversation à sens unique. Ébranlé par cette violence, il s'était promis de ne jamais recourir à de telles lâchetés. Par la suite, les quelques fois où il avait à son tour pris la décision de rompre, il l'avait toujours fait en face-à-face, quitte à passer un moment pénible.

C'est ainsi que le téléphone sonna également chez les Hill. Une assistante de la production proposa un rendez-vous. Le père et le fils tentèrent de masquer leur excitation. C'était bon signe, pensaient-ils tous deux, loin d'imaginer que David estimait qu'il devait toujours être présent pour annoncer une mauvaise nouvelle. C'était un principe d'élégance, et une façon d'atténuer la brutalité de la déception. Pas un instant il n'envisagea que cette convocation offrirait un excédent d'illusion au garçon sur le point d'être rejeté. Il arrive donc que l'on agisse mal par délicatesse. Mais le malentendu n'allait pas durer. À peine Martin découvrit-il la mine du producteur qu'il comprit que ce n'était pas Harry Potter qui allait s'asseoir dans le canapé de son bureau. Oui, son visage était grave et on pouvait déjà lire dans son regard le discours à venir. Pourtant, il fallait qu'ils soient prononcés ces mots, ces mots que Martin n'oublierait jamais.

« Ce n'est pas lui, c'est ça ? demanda John fébrilement.

— Écoutez, ce n'est pas facile... Je voulais vous voir... Je voulais te voir Martin... car je ne voulais pas te l'annoncer par téléphone. Je sais que ce n'est pas facile d'entendre ce que je vais te dire.

— ...

— Cela a été une décision douloureuse pour nous aussi. Car tout le monde t'a trouvé formidable, et doté d'un talent rare. D'ailleurs, tu peux vraiment compter sur moi pour la suite de ta carrière. Je suis certain qu'on pourra se retrouver sur d'autres projets. Mais, comme tu l'as compris, nous ne t'avons pas retenu pour incarner Harry... »

Martin n'entendait plus les mots du producteur. Sa tête était devenue chaude et cotonneuse. Il avait l'impression de tomber tout en restant assis. Il s'était bien sûr préparé à ce possible échec, mais l'impact de la réalité était trop violent. Il ne se sentait pas capable d'encaisser un tel choc. Avec les années, on acquiert peu à peu la capacité de supporter les coups. La vie humaine se résume peut-être à ça, une incessante expérimentation de la désillusion, pour aboutir avec plus ou moins de succès à une gestion des douleurs. Mais pour le moment, Martin avait tout juste onze ans. C'était insurmontable. La promesse d'une aventure merveilleuse venait de lui être retirée.

John aurait voulu se lever, prendre son fils dans ses bras, mais il écoutait le producteur. Immobile, il respectait le protocole devenu absurde de ce rendez-vous. À quoi bon entendre des mots qui ne sont que du vent ? Tout était fini. Pourquoi était-il venu chercher son fils, lui donner tant d'espoir pour ensuite le rejeter ? Ils n'avaient rien demandé. John dériva alors vers une terrible pensée : « Ai-je transmis à mon fils la malédiction de l'échec ? » Et même : « Si les chiens ne font pas des chats alors peut-être que les ratés font des ratés. » Bien sûr, tout était lié. Depuis des années, il se sentait humilié par l'existence, et voilà que c'était au tour de son garçon. Il passait sa vie à se faire malmener sur les plateaux de cinéma par des petits chefs. Quant à ses inventions, n'en parlons pas. Sa cravate-parapluie faisait rire tout le monde. Et puis, il y avait Jeanne. Elle avait carrément changé de pays pour être bien certaine de ne plus le croiser. Comment aurait-il pu engendrer un garçon capable de susciter le désir du monde entier ?

John continua encore un moment son monologue intérieur dépréciatif. C'était absurde : il avait parfaitement aidé son fils à préparer l'échéance, et c'était sûrement en partie grâce à lui qu'il s'était montré aussi bon. D'ailleurs, David enchaînait encore les commentaires élogieux sur le talent de Martin. Mais bon, ils avaient choisi l'Autre. Tous ces compliments, c'était un pansement sur une fracture. Le producteur voulut tout de même lui proposer quelque chose :

« Malheureusement, tous les rôles principaux ont déjà été attribués, mais tu pourrais faire partie des grandes scènes. Comme celles dans le grand réfectoire de Poudlard…

— Un figurant… coupa Martin tout bas.

— Oui… Enfin, non. On pourra toujours s'arranger pour que tu aies une réplique ou deux, ajouta fébrilement David.

— Merci… mais je n'ai pas trop envie de ça… » finit par chuchoter Martin, de sa voix éteinte par le rêve brisé.

David se sentit gêné d'avoir fait cette proposition. Autant adoucir la déception de qui s'est rêvé océan en lui offrant d'être une goutte d'eau. Mais il n'avait pas d'alternative. Un instant, il pensa lui faire une promesse : on lui écrirait un rôle pour le second volet de la saga. Mais il se ravisa. Il était préférable de ne plus faire fantasmer cet enfant, de peur de devoir à nouveau lui voler ses illusions par la suite. Alors, comment le consoler ? Il y avait une autre possibilité, mais elle était encore plus humiliante. Il n'allait tout de même pas lui demander d'être la doublure de Daniel Radcliffe. Les tournages seraient si éprouvants que les acteurs principaux allaient être secondés pour certaines scènes d'action, la préparation des lumières ou des plans de dos. Non, non, hors de question de lui parler de ça.

*

Histoire de David Holmes

Quelques mois plus tard, la production avait fini par trouver la perle rare. C'était un jeune sportif choisi pour faire partie de l'équipe de Quidditch dans les deux premiers volets de la saga. En raison de ses capacités physiques, on lui avait proposé de devenir la doublure de Daniel Radcliffe pour toutes les scènes d'action. Et il devait aussi entraîner l'acteur plusieurs fois par semaine. Ce fut le début d'une relation amicale entre les deux garçons. Mais, en janvier 2009, le destin de David avait basculé, lors du tournage du dernier film de la série, intitulé *Harry Potter et les Reliques de la Mort*. Dans cet opus, le jeune sorcier était censé slalomer entre des boules de feu sur son balai volant. C'est lors de la répétition de cette scène dangereuse que le drame se produisit. Le câble qui attachait David avait cédé, le propulsant violemment contre un mur. Tombé au sol, il comprit que quelque chose de grave s'était passé. Il ne pouvait plus bouger. Il avait été transféré à l'hôpital de Watford, tout proche des studios. Sa moelle épinière étant touchée, on lui annonça qu'il demeurerait tétraplégique à vie. Il n'avait alors que vingt-cinq ans.

*

Il n'y avait plus rien à dire, c'était fini, il fallait bien l'admettre. John et Martin remercièrent le producteur pour sa bienveillance, malgré tout. Une fois dehors, ils restèrent un instant immobiles devant l'immeuble.

« Il faut voir le positif…

— Le positif ? Quel positif ?

— C'était une sacrée expérience tout de même.

— Ça ne sert à rien, si au bout du compte…

— Oui, je comprends.

— …

— La bonne nouvelle, c'est que tu as découvert ta vocation, continua John.

— …

— C'est vrai, tu es tellement doué mon chéri, tout le monde l'a dit. J'ai repéré un cours de théâtre près de la maison…

— …

— Et puis, on pourra toujours inviter le producteur si tu fais un spectacle, et j'ai quelques bonnes relations dans le milieu, tu le sais bien…

— Non.

— Quoi non ?

— Je ne veux pas faire de théâtre. C'est fini tout ça.

— Tu dis ça sous le coup de la déception, c'est normal. Mais j'ai bien vu comme tu as aimé…

— Non papa. Je ne ferai pas de théâtre », trancha Martin, avec une telle conviction dans la voix que cela coupa court à toute argumentation. Ce sentiment d'être désiré puis rejeté, jamais plus il ne voulait revivre ça.

30

La soirée à la maison fut silencieuse. John prévint Jeanne, mais Martin n'eut pas envie de lui parler. Il ne voulait pas passer son temps à évoquer ce qu'il ressentait ; il souhaitait mettre un terme à la promotion de sa tristesse. Ses sentiments étaient faciles à deviner, il désirait à présent oublier tout ça, qu'on n'en parle plus. Le sujet devint tabou.

Lors de cette première nuit, Martin ne cessa de se repasser le casting. À quel moment avait-il raté quelque chose ? Qu'aurait-il pu mieux faire ? De toute façon, cela ne changerait rien. La vie n'a pas de marche arrière. Il avait manqué sa chance, et devait maintenant affronter l'avenir avec ce naufrage. Bien sûr, il ne pouvait pas endosser toute la responsabilité. L'autre acteur avait sûrement été meilleur. Et ça, il n'y pouvait rien. C'était la fatalité. Tout juste pouvait-il maudire le destin qui avait propulsé cet Autre sur son chemin. Il y a si souvent quelqu'un pour prendre votre place, pour vous barrer la route. Cela lui était déjà arrivé à l'école, ou au club de sport ; des occasions où il avait failli être premier avant l'apparition de quelqu'un de plus performant que lui.

Est-ce toujours ainsi ? Toute vie humaine est, à un moment ou un autre, gâchée par une autre vie humaine.

Les images de l'Autre le hantaient. Il devait être en train de fêter sa victoire, de s'enivrer de ce qu'il allait vivre. Martin sentit une jalousie abyssale envahir son corps. « Pourquoi lui et pas moi ? » répétait-il sans cesse, comme le refrain de son amertume. Dans la fièvre de cette nuit perfusée à la déception, il se mit à imaginer : « Et si je l'éliminais ? » Une idée folle, absurde, démente. Si une seule personne vous gâchait la vie, ne fallait-il pas simplement l'écarter ? Il se souvenait d'une histoire de patinage artistique, quelques années auparavant ; tout le monde en avait parlé. Ne supportant pas l'idée d'être seconde, une sportive américaine s'était arrangée pour blesser sa rivale aux genoux. Mais on avait très vite remonté la piste vers elle. Si l'autre acteur se faisait assassiner, il était probable que la police viendrait immédiatement le chercher. Dans le dédale de ses pensées morbides, il s'imaginait à présent en prison. Vraiment, il divaguait. C'était n'importe quoi. Il finit par s'endormir, totalement perdu.

DEUXIÈME PARTIE

1

Les mois passèrent, et la déception se dilua. Il arrivait même à Martin de ne plus penser à son échec, ou alors il se le remémorait sans en avoir le cœur serré. Mais il préférait toujours éviter qu'on en parle ; l'évocation d'une blessure ayant le pouvoir de la raviver. Bien sûr, il entendait ici ou là parler du livre au collège ; il s'éloignait simplement des conversations. Cela demeurait assez facile de passer entre les gouttes de ce triste souvenir.

C'est en novembre 2001 que sa vie bascula. Étrangement, Martin n'avait pas anticipé l'inévitable. Ni ses parents, d'ailleurs. Pourtant, il semblait assez clair que l'adaptation de ce livre phénomène ne passerait pas inaperçue. Ce fut pire que cela. Les avant-premières du film provoquèrent d'emblée une forme d'hystérie collective, battant tous les records. Le jour de la sortie, le

16 novembre, il n'était question que de *Harry Potter*. L'horreur commença vraiment pour Martin : il lui serait dorénavant impossible d'échapper à ce qu'il avait raté. Ce fameux *droit à l'oubli* que l'on évoque pour les criminels, il ne pouvait pas s'en prévaloir. Pire, on aurait dit que le pays entier soufflait sur les braises de son échec. Il devenait complexe d'allumer la télévision sans tomber sur l'expression radieuse de Daniel Radcliffe, sans écouter le récit de son quotidien merveilleux. Son visage était placardé partout dans Londres. On le trouvait génial, on voulait tout savoir de lui ; on disait même qu'il allait bientôt rencontrer la reine. La vie de l'Autre s'imposait en permanence.

Aucune issue ne semblait possible. Toutes les sphères étaient infiltrées. Même sa professeure d'anglais s'y était mise, en préparant un cours entier autour du lexique de *Harry Potter*. Telle une pénitence, Martin avait dû apprendre la signification des mots inventés par J. K. Rowling. Par chance, il pouvait toujours se réfugier à Paris le week-end. Mais le répit fut de courte durée. Au mois de décembre, la France se laissa envahir à son tour par le film qui allait engranger plus de dix millions d'entrées ; un score phénoménal. Et il en serait ainsi partout dans le monde. Bientôt, il n'existerait plus un coin de la planète qui ne lui rappellerait pas cette rature de son destin.

Voyant son fils se renfermer, John commença à s'inquiéter. Lui-même se sentait harcelé par l'omniprésence de *Harry Potter*. Il le poussa à parler, c'était la seule solution pour évacuer l'oppression. Pour la première fois, Martin tenta de mettre des mots sur ce qu'il ressentait. Selon lui, c'était comme être quitté par une fille et devoir la croiser chaque jour. Et puis non, cette comparaison sentimentale ne lui semblait pas assez forte. C'était bien pire que ça. « Tout me rappelle sans cesse mon échec, c'est horrible… » finit-il par dire. John, bouleversé par la tristesse de son fils, ne savait que faire. D'une manière terrible, il pensa alors à un autre destin qui lui paraissait similaire.

*

Histoire de Pete Best

On l'a surnommé « l'homme le plus malchanceux du monde ». Il faut dire qu'il a été écarté des Beatles quelques semaines seulement avant que le groupe ne devienne le plus légendaire de tous les temps. Fréquentant John, Paul et George à Liverpool, il intègre la formation lors de leur long séjour à Hambourg. Pete demeure toujours un peu à l'écart, solitaire. Ils l'imaginent sûr de lui, hautain. Et puis, il est beau gosse. Il plaît aux filles, ce qui agace un peu les autres. En août 1962, un article annonce la signature du groupe chez EMI ; le texte est accompagné d'une photo de… Pete Best. Ce n'est donc peut-être qu'une question de jalousie, mais quand le producteur émet des doutes sur la qualité du batteur, ils le remplacent sans la moindre hésitation. Et sans même avoir l'élégance de le lui annoncer en face. Ils ne se reparleront jamais. C'est ainsi que Ringo Starr intègre la légende. Les Beatles deviennent un phénomène inégalé, provoquant l'hystérie partout sur leur passage. À Liverpool, tout le monde connaissait Pete en tant que membre du groupe ; voilà qu'il ne peut plus faire un pas sans qu'on pose sur lui un regard apitoyé. Pendant que ses anciens camarades deviennent riches et célèbres, il demeure à l'écart tel un pestiféré de la gloire. Son échec est pire qu'un échec, car tout le monde en a connaissance. Toute sa vie, il sera en permanence confronté à ce qu'il a manqué. On ne peut pas allumer la télévision, écouter la radio, lire un magazine sans tomber sur les *Quatre garçons dans le vent*. Sa vie devient un enfer, au point qu'il tente de se suicider en 1965. Il remonte doucement la pente, mais il juge préférable d'arrêter la musique. Il n'a pas envie qu'on vienne l'écouter par curiosité malsaine. Alors qu'il galère, ses anciens partenaires devenus multimillionnaires ne lui viennent pas en aide. Le temps passe, il finit par devenir boulanger. Mais il n'échappa jamais à sa malédiction. Dans le regard de chacun, il sera pour toujours celui qui a failli être un Beatles.

*

Il était naturel que John effectue cette comparaison ; cette façon d'être confronté sans cesse à la vie qu'on aurait pu avoir. Mais les deux cas présentaient une différence majeure : contrairement à Pete Best, Martin était un inconnu. S'il parvenait à fuir le souvenir de son échec, il pourrait s'en sortir. Certes, la fuite s'annonçait complexe. Il y aurait toujours un nouveau film ou un nouveau livre. J. K. Rowling avait annoncé sept tomes. Cela n'était pas près de s'arrêter. Dorénavant, Martin devait donc tenter de mener son existence à l'abri du célèbre sorcier. Il n'allait plus au cinéma de peur de tomber sur une bande-annonce, et n'osait plus allumer la télévision. Il se coupa également de ses amis, ne supportant plus toutes ces conversations qui dérivaient immanquablement vers *Harry Potter*. Chacun cherche comme il peut le remède à sa souffrance. Heureusement, il n'avait jamais parlé du casting. Il était soulagé d'avoir agi ainsi, et qu'on ne vienne pas lui demander maintenant de raconter sa mésaventure à tout bout de champ. Sa désillusion avait au moins le mérite de demeurer secrète.

2

Martin allait être confronté à une autre tragédie. À vrai dire, les deux éléments étaient peut-être liés. Oui, en y repensant, il lui paraissait évident que son père avait commencé à tousser juste après son échec au casting. Une toux anodine au début, puis de plus en plus inquiétante. John avait fini par prendre rendez-vous chez un généraliste, qui l'avait envoyé consulter un pneumologue. Ce n'est jamais bon signe quand un médecin vous jette dans les bras d'un confrère. Mais John s'était présenté sans appréhension particulière. Il n'avait jamais considéré la maladie comme une possibilité, évoluant toujours, en matière de santé tout du moins, dans une forme d'insouciance quant au pire. L'examen dura plus longtemps que prévu. Le médecin cherchait ses mots, ce qui voulait tout dire. Le cancer était déjà en marche, inexorable. Au poumon. Lui qui n'avait jamais fumé. Cela ajoutait de l'absurde à l'absurde. Toute sa vie, John avait été en décalage par rapport à lui-même ; jamais au bon endroit, comme au concert de The Cure ; comme dans sa vie professionnelle ; comme à l'occasion de la rencontre avec David Heyman ; et voilà qu'à présent on lui trouvait une maladie qui lui allait si mal.

En entendant la sentence, il ne dit rien. John était du genre à penser que les choses existent uniquement si on les nomme. On pouvait peut-être guérir en s'injectant des doses de discrétion. À vrai dire, il ne voulait pas qu'on puisse le résumer à sa maladie. Quand une personne annonce son cancer, on ne voit plus que le cancer chez elle. Le médecin s'était montré peu optimiste ; six à huit mois tout au plus. Au bout de quelques semaines, John avait senti comme des brûlures dans son corps. Il avait dû se mettre en arrêt maladie. Pour son dernier jour de travail, il avait quitté le plateau sans rien dire à personne. Il laissait derrière lui le tournage de *Love Actually,* une parfaite comédie romantique ; encore un ultime décalage.

Bientôt, John ne pourrait plus s'occuper de Martin. Son fils allait grandir sans lui ; c'était insoutenable. Il n'eut d'autre choix que d'appeler Jeanne pour la mettre au courant. Un instant, il imagina qu'elle reviendrait auprès de lui ; même si c'était par pitié, cela lui convenait. Elle demeura sous le choc de l'annonce, balbutiant quelques phrases, avant de tenter d'être concrète :

« Ça peut se soigner, avec des séances…

— C'est trop tard… »

John se mit alors à pleurer tout doucement au téléphone. En partageant enfin la terrible réalité, il sentit comme un effondrement intérieur. Il fallait parler de Martin ; de l'organisation à venir. Jeanne ne pouvait pas le prendre à Paris, et le couper de son père. C'était à elle de se déplacer. Il lui faudrait quelques jours pour s'organiser, mais oui, elle allait revenir à Londres. Elle essaya de trouver des mots apaisants, tout en contenant ses propres sanglots.

3

Martin voyait que son père paraissait vite essoufflé, qu'il toussait beaucoup, mais ce dernier continuait de lui dire : *tout va très bien.* Pourquoi ne pas le croire ? En revanche, quand il apprit que sa mère allait bientôt revenir pour s'occuper de lui, il fut contraint de conclure que la situation était en fait préoccupante. John continuait pourtant de minimiser la gravité de la situation. Tout juste finit-il par dire que c'était un mauvais moment à passer, *une épreuve de la vie*. Il jouait à l'acteur dans un décor de carton-pâte. Tout sonnait faux, mais Martin faisait semblant d'y adhérer. Après tout, la fiction pouvait peut-être battre le réel.

Alors qu'ils faisaient quelques courses chez Night and Delhi, l'épicerie indienne du coin de la rue, John fit un malaise. Martin vit son père s'effondrer sous ses yeux, brutalement. Il ne pourrait jamais oublier cette image-là. Immédiatement, il associa cette vision à celle des tours jumelles de New York anéanties par le terrorisme quelques mois plus tôt. Par la suite, il serait incapable de s'expliquer pourquoi il avait ainsi lié les deux événements, l'intime et l'universel ; pourtant c'était la même image, celle d'une chute qui paraissait inconcevable. Martin s'était précipité vers son père. John, conscient, avait tenté de sourire ; un sourire de la panoplie des apparences. Il fallait arrêter de faire semblant que tout allait bien. Pourtant, une minute auparavant, on grappillait encore un peu d'illusion. Ils déambulaient dans les rayons, et John avait dit à son fils : « N'oublie pas de prendre les yaourts que tu aimes… » Oui, c'était la dernière phrase qu'il avait prononcée avant de tomber ; la dernière phrase de la vie normale.

Martin tenait la main de son père. L'épicier indien qu'ils connaissaient bien avait apporté un verre d'eau, avant de comprendre que ce ne serait pas suffisant. Il fallait appeler les secours. Entre voyeurisme et compassion, les clients s'agglutinaient autour de l'homme à terre. Une femme prit son pouls, elle disait être médecin, puis elle ne dit plus rien du tout. Elle lança à Martin un regard fuyant, puis lui passa une main dans les cheveux ; elle lui demanda alors dans quelle école il était, et l'enfant répondit poliment. Quelques minutes plus tard, une ambulance se gara devant le commerce. Deux pompiers en sortirent et s'avancèrent rapidement vers John. Ils lui posèrent quelques questions, dont les réponses furent à peine audibles. Tout juste put-on percevoir dans un faible souffle : « Mon fils… » L'un des pompiers se tourna alors vers Martin et demanda : « C'est ton papa ? » Il fit oui de la tête, et l'homme lui proposa qu'ils se mettent à l'écart pour parler un peu. L'enfant ne voulut pas s'éloigner de son père, alors le pompier le rassura :

« Regarde, mon collègue va très bien s'occuper de lui. Il est très gentil.

— …

— On va juste se mettre à côté. Tout va bien se passer… »

Il enchaîna ainsi quelques phrases rassurantes, avant de préparer l'étape suivante : « On va emmener ton papa pour lui faire d'autres examens.

Juste des vérifications, ce n'est pas grave. Est-ce que quelqu'un peut venir te chercher ?

— Je ne sais pas.

— Ta maman, elle est où ?

— À Paris.

— Ah d'accord. Est-ce qu'un autre membre de ta famille peut venir ?

— Non, on n'a personne ici.

— Et un ami à l'école ? On pourrait appeler ses parents…

— Je ne sais pas… »

L'interrogatoire logistique dura encore un peu, aboutissant à une impasse. Martin n'oublierait pas ce sentiment non plus, celui de n'avoir nulle part où aller, celui de ressentir qu'on ne savait que faire de lui. Il finit par donner le nom de Rose, son ancienne baby-sitter. Quand on emmena son père, il voulut le suivre à l'hôpital, mais cette option lui fut refusée. On ne pouvait pas laisser un enfant dans un couloir ou une salle d'attente. Il insista, et on dut le retenir de force.

Martin resta donc dans le magasin, avec la femme qui avait pris le pouls de son père. L'épicier lui proposa des bonbons. Les adultes ne savaient que faire pour combler l'attente. Rose finit par arriver, hors d'haleine, et prit Martin dans ses bras. Il a tellement grandi, c'est un adolescent maintenant, pensa-t-elle, soudain presque gênée de son geste spontané. Ils allaient passer une merveilleuse soirée, comme avant, lui avait-elle assuré. Mais plus rien n'était comme avant.

Pourquoi ne lui parlait-on pas normalement ? Pourquoi ne lui disait-on pas que c'était grave ? Pourquoi lui annonçait-on une très bonne soirée alors que son père allait mourir ? Juste avant de quitter le commerce, Martin se dirigea vers le rayon des yaourts pour attraper ses préférés. Ce geste fut regardé comme une façon de reprendre assez tranquillement possession du quotidien, mais il n'était que fidélité à la dernière phrase de son père. L'épicier offrit les yaourts, et Martin partit avec Rose. Sur le chemin du retour, elle tenta de parler d'autre chose, lui demanda des nouvelles de l'école, et finit par évoquer cette grisaille qui n'en finissait plus. Martin demeurait mutique ; il ne cessait de voir et de revoir son père tomber, l'image était comme diffusée en boucle dans son esprit. À peine arrivé, il téléphona à sa mère, qui annonça prendre le premier Eurostar du lendemain matin ; elle parla également avec Rose, lui donnant quelques directives anecdotiques, pour masquer le sentiment qu'elle était si atrocement loin.

Pendant la soirée, Martin téléphona plusieurs fois à l'hôpital, et systématiquement il s'entendit répondre que le patient était en observation. C'était donc ça, être malade : être observé. Rose proposa de regarder un dessin animé ou de jouer au Monopoly *comme avant*, mais Martin préféra se coucher. Quelque chose le gênait, il voulait écourter la soirée. Deux années auparavant, il avait expliqué à son père qu'il était maintenant assez grand, et pouvait se passer d'une baby-sitter. La vérité était tout autre : il voulait se séparer de tous les souvenirs contaminés. Pour lui, Rose était liée au casting. Sans son départ précipité, rien ne serait arrivé. Martin cherchait des coupables à son malheur.

4

Le lendemain, Jeanne débarqua à Londres. Elle n'était jamais revenue, depuis la séparation. Au sortir de la gare, elle fut assaillie par des dizaines d'images, comme si les souvenirs attendaient sagement aux frontières. Dès qu'elle eut posé ses affaires à l'appartement, elle se rendit à l'hôpital. Les nouvelles n'étaient pas bonnes. Dans la chambre, elle prit la main de celui qui avait été son mari, et il songea : « La seule façon de revoir la femme que j'aime était donc de mourir. »

En fin d'après-midi, Jeanne attendit son fils devant la grille de l'école. Elle se rendit compte à quel point cela lui manquait ; elle vivait de belles choses avec Martin, mais elle passait à côté de tout un pan de sa vie. Elle se sentit déstabilisée de ne connaître que les samedis et les dimanches de son enfant. Quand elle l'aperçut, elle lui adressa un signe de la main, signe presque imperceptible, comme si elle avait peur de le déranger. En la voyant, il oublia un instant le contexte tragique, et son cœur bondit de fierté ; sa mère était venue le chercher.

Le soir, après être allée embrasser son fils dans son lit, Jeanne resta un long moment dans le salon. Plongée dans la pénombre, elle se remémora les scènes de son ancienne vie conjugale. Elle se souvenait avec précision de leur première nuit dans cet appartement ; elle voyait encore les cartons entassés ; ces mêmes cartons qu'il faudrait bientôt remplir à nouveau. Alors que les dernières années lui avaient semblé pénibles, elle se laissait envahir par des images joyeuses. Tout était là, si proche. Elle voyait John, assis par terre dans le salon, entouré de dizaines de croquis, marmonnant les secrets de fabrication d'une machine qui ne verrait jamais le jour. Jeanne lui souffla alors à quel point elle l'avait aimé.

Dans un enchaînement sentimental, elle pensa à Marc. Il était l'homme de *la caresse dans le dos*. Après une longue période de séduction assidue, elle avait fini par céder. Pourtant, après une fin de mariage chaotique et une aventure douloureuse, Jeanne ne se sentait pas vraiment disposée à envisager une nouvelle histoire. Sa vie professionnelle la comblait ; elle voulait partir en reportage, sans avoir à rendre de comptes à quiconque. Mais elle avait changé d'avis, juste au moment où l'homme commençait à renoncer. En lâchant prise, Marc s'était rendu plus attractif. Étrange mécanisme du désir. Enfin, il y avait autre chose : Jeanne avait trente-cinq ans et s'interrogeait sur son désir d'avoir un autre enfant. Tout restait envisageable.

Elle demeura encore un moment dans cette improbable situation : peindre son avenir dans le cadre du passé. Puis elle finit par s'endormir sur le canapé. Ce soir-là, et les autres qui suivirent. Les nouvelles, chaque jour, empiraient.

5

Quelques semaines de plus suffirent à mettre fin à ce combat perdu d'avance. Le jour de l'enterrement, Jeanne se laissa submerger par une intense émotion. C'était dans ce même cimetière qu'elle était tombée amoureuse de John. C'était le lieu de leur première promenade, la charmante balade pour honorer le pacte avec sa grand-mère. Et voilà que tout était fini. Si l'existence était dérisoire, elle l'était davantage encore dans l'écho des décors. Elle avait l'impression que leur vie n'avait duré que le temps de quelques scènes. Des rires, des larmes, des excitations, des ennuis, et un enfant. Martin était tout contre elle, incroyablement digne. Son père adoré lui avait été arraché. La violence du moment était aggravée par le petit nombre de personnes présentes. John avait vécu en ermite, ne nouant guère de relations amicales. Jeanne avait fait appel à un prêtre. Personne n'était catholique pourtant, dans la famille. Elle voulait simplement que quelqu'un prononce quelques mots, juste pour masquer le silence ; mais il n'y avait rien à dire ; cancer foudroyant à moins de quarante ans, ça poussait à se taire. Heureusement, il se mit à pleuvoir. La scène se recouvrait d'eau comme pour divertir la tragédie. Depuis quelques jours, Martin était plongé dans les archives de son père. Il y avait trouvé un large tissu traversé par des fils de fer : la fameuse cravate-parapluie. En hommage, il avait décidé de la porter ; même si cela semblait peu pratique d'avoir cette masse de tissu autour du cou. Mais maintenant qu'il pleuvait, il put la déplier au-dessus de sa tête. De l'eau continuait à lui couler sur le visage, mais il était fier d'honorer ainsi la mémoire de son père.

6

Pour ne pas ajouter un déménagement à une période déjà si brutale, Jeanne décida de rester à Londres jusqu'à la fin de l'année scolaire. Elle pouvait continuer à travailler en écrivant des reportages sur l'actualité britannique. Marc l'appelait souvent, mais elle abrégeait les conversations. Son fils était sa priorité absolue ; elle s'inquiétait. En enterrant son père, il avait enterré son enfance, imaginait-elle. On l'avait comme poussé dans le dos, forcé à se retrouver plus vite dans l'âge adulte. Martin n'osait le dire à sa mère, mais son véritable malaise était d'une autre nature, et il n'en était pas fier. Sur les écrans, le deuxième volet de la série, *Harry Potter et la Chambre des Secrets*, battait à son tour tous les records. L'enthousiasme aurait pu se tarir, comme cela arrive parfois avec les suites, mais non, cela s'aggravait. Chaque jour, des milliers de nouveaux fans entraient dans la danse. Effrayé par cette nouvelle vague, Martin se repliait davantage encore sur lui-même. À l'école, on avait mis cette attitude sur le compte du drame récent. Sur son passage, les enseignants chuchotaient : « C'est l'orphelin… » Et ce mot même accentua son effroi. Orphelin, comme Harry Potter.

Jeanne finit par comprendre que l'humeur maussade de son fils était en lien, au moins en partie, avec le casting raté. Elle voyait bien dans quel état il sombrait dès qu'on évoquait même de loin le sujet. Elle comprenait son amertume, bien sûr, mais sans pouvoir imaginer l'intensité de son mal-être. Quoi qu'il en soit, elle décida qu'il devait parler à une personne extérieure. Jeanne prit rendez-vous avec le docteur Xenakis, qui consultait dans le quartier. Martin accueillit plutôt bien cette décision. Peut-être que ce médecin pourrait libérer son cœur du poids qui l'écrasait ? Quand il le rencontra, l'adolescent ne fut pas surpris : le pédopsychiatre ressemblait exactement à ce qu'il avait imaginé. Parlant avec un accent grec prononcé, un visage strié d'une multitude de rides, on aurait dit l'incarnation de la sagesse antique.

« Ta mère s'inquiète pour toi, commença Xenakis. Elle pense que tu as besoin de parler. Qu'en penses-tu ?

— Ça me fera peut-être du bien.

— Je l'espère. Quel âge as-tu ?

— Treize ans.

— Ce n'est pas un âge facile. Il y a tellement de bouleversements, à tous les niveaux. Et puis forcément, c'est plus difficile pour toi que pour les autres. Est-ce que tu veux me parler de ton papa ?

— Il n'y a pas grand-chose à dire.

— Peux-tu quand même essayer de définir ce que tu ressens ? Ta mère m'a dit qu'elle te trouvait plus renfermé qu'avant. Parfois, quand on perd un proche, on éprouve une sorte de colère très profonde. Et c'est normal. On trouve le monde injuste…

— Oui, c'est injuste. Mais…

— Quoi ?

— …

— Martin, tu sais que tu peux me parler. Tout restera entre nous.

— J'ai l'impression que ma vie est ratée », prononça alors subitement Martin, lapidaire.

Xenakis marqua un temps d'arrêt, comme soufflé. Cet aveu douloureux était pour le moins inattendu à ce stade précoce de l'échange. Pour atténuer l'excès du propos, il tenta de nuancer :

« Martin, à ton âge, rien ne peut te laisser affirmer une telle chose. Tu as encore tout à vivre…

— …

— Est-ce que tu veux m'expliquer pourquoi tu ressens cela ? »

À cet instant, Martin hésita à tout raconter mais préféra se taire. Tout comme avec ses amis, il ne supportait pas l'idée que quelqu'un puisse savoir qu'il avait failli être Harry Potter. Acculé, il marmonna quelques mots évasifs sur un échec vécu.

« C'est avec une fille ? demanda alors Xenakis.

— Non.

— Ou un garçon ?

— Non, ce n'est pas ça.

— Bon, je ne veux pas te forcer à parler. Cela arrive souvent qu'on estime ne pas pouvoir surmonter un échec. Mais, si tu veux écouter mon point de vue, je vais te dire ce que je pense : toutes les situations d'échec peuvent devenir bénéfiques.

— …

— Je ne sais pas pourquoi tu souffres, mais je suis certain qu'à un moment ou à un autre tu te rendras compte que cette souffrance peut aussi être ta plus grande force pour réussir ce que tu auras décidé d'accomplir. »

Martin trouva cette déclaration ridicule. Il ne voyait pas comment l'humiliation qu'il avait vécue pouvait se transformer en une quelconque force. Au contraire, il était convaincu qu'il ne pourrait plus jamais avoir confiance en lui. Malgré sa bonne volonté, Xenakis ne pourrait rien pour lui. La seule solution aurait été de retourner dans le passé, et de recommencer le casting. Ce n'était pas un pédopsychiatre qu'il lui fallait mais un magicien ; c'était Dumbledore qu'il devait consulter pour aller mieux. Pendant que Martin divaguait, Xenakis continuait de vanter les bienfaits de l'échec. Il évoqua alors le parcours de Steve Jobs. Imbu de lui-même, boursouflé d'arrogance, il avait fini par se faire virer d'Apple. L'entreprise qu'il avait pourtant fondée. Et c'était finalement grâce à ce coup de massue qu'il avait mûri, et était revenu armé de la force de l'humilité. Il avait alors créé la nouvelle génération d'ordinateurs avec les iMac, et inventé ce slogan, « *Think different* ».

« Est-ce que tu m'écoutes ?

— Oui.

— Je ne sais pas ce que tu feras de cet exemple, mais je trouve que c'est une bonne leçon pour avancer. C'est grâce à l'échec que cet homme est devenu meilleur. On ne rate pas sa vie, on la recommence… »

Pour pallier le silence de son patient, Xenakis avait décidé d'évoquer des parcours qui pourraient être inspirants pour lui. Il enchaîna ainsi :

« Il y a un autre exemple que j'aime beaucoup, c'est J. K. Rowling. Elle était au chômage, désespérée, sa vie n'était qu'une succession d'échecs… Et regarde ce qu'elle a accompli ! J'imagine que tu as lu *Harry Potter,* comme tout le monde.

— …

— Hein Martin ? Tu l'as lu ?

— …

— Ça va ? » demanda alors Xenakis, constatant la subite pâleur de l'adolescent.

Martin était sous le choc. Un court instant, il pensa carrément être victime d'un complot. On voulait encore et toujours le rabaisser, l'humilier. Il parvint à reprendre ses esprits, tenta de garder son calme. Même ici, dans cet endroit où il était censé trouver refuge, on lui parlait encore et toujours du sujet maudit. Alors que le psy continuait à lui demander ce qui se passait, Martin se leva et quitta le cabinet sans le moindre mot pour son interlocuteur. Xenakis demeura abasourdi. En trente ans de pratique, il n'avait jamais été confronté à une telle fin de séance. Il tenterait de revoir ce patient, en vain. Il tenterait également d'avoir une explication avec sa mère, mais elle ne ferait que répéter les mots de son fils : « Il ne veut plus vous voir. » Cette expérience demeurerait pour lui un mystère, une énigme perturbante. Qu'avait-il pu faire de mal ?

7

Martin se renferma un peu plus encore. Sa mère ne savait plus que faire. Elle essayait de lui *changer les idées*, mais ce n'était pas simple. On ne change pas les idées de quelqu'un comme on change l'eau d'un vase. Heureusement, l'année scolaire touchait à sa fin et ils allaient quitter l'Angleterre. Un changement de décor ne pourrait être que positif. Au début de l'été, Martin passa ses journées à trier les jouets de son enfance, à les emballer dans des cartons, avant de se décider à tout jeter. À propos d'une peluche qu'il aimait tant, sa mère l'interrogea : « Tu es sûr ? Franchement, tu devrais la garder… » Il fit non de la tête. Il sentait qu'il devait mettre à distance son passé heureux ; il ne voulait pas arriver à Paris avec Londres dans ses valises. À la fin du mois de juillet, ils prirent l'Eurostar avec des billets d'aller simple. Pendant le trajet, Jeanne lui proposa d'aller grignoter quelque chose au wagon-bar, mais Martin refusa, prétextant qu'il n'avait pas faim. Manger autre chose que les sandwichs de son père aurait été comme le trahir. Trois heures plus tard, en arrivant à la gare du Nord, l'adolescent annonça : « À présent, nous ne parlerons que français. »

8

Pour le mois d'août, Jeanne avait imaginé emmener son fils aux États-Unis. Il avait toujours parlé de New York avec enthousiasme. Mais à peine avait-elle évoqué ce projet qu'il montra aussitôt de la réticence. À vrai dire, il était effrayé par un pays réputé être celui du merchandising de *Harry Potter* par excellence. Pour faire diversion, il annonça : « Mon rêve, c'est le Groenland. »

Décidément, Jeanne ne comprenait plus rien à son fils, mais elle voulait lui faire plaisir coûte que coûte. Elle se renseigna pour préparer le voyage et tomba sur un article évoquant *L'île du désespoir*. On y précisait : « Un habitant sur cinq a déjà pensé au suicide… » En matière de reconquête de la vitalité, on avait vu meilleure destination. Mais Martin paraissait vraiment excité à l'idée de ce périple, alors Jeanne accepta de partir se geler en plein mois d'août. Lors d'une excursion, ils se retrouvèrent seuls au milieu de l'immensité blanche. Martin dit alors tout bas : « Merci maman. » Elle venait de lui offrir ce qu'il recherchait : un endroit de la terre sans présence humaine.

9

Martin intégra le collège Lamartine, en classe de quatrième. Bien que sociable, il évitait néanmoins de nouer des relations. Quand un élève s'aventurait un peu trop près de sa sphère intime, il trouvait toutes sortes d'excuses pour l'écarter. Une attitude également liée à une scène pour le moins gênante. À la cantine, une fille s'était approchée pour lui dire : « C'est fou comme tu ressembles à l'acteur qui joue Harry Potter… » Il n'avait su que répondre. La fille l'avait trouvé particulièrement étrange. Pourtant, rien n'était plus normal. Pour avoir failli incarner le rôle, il ressemblait à Daniel Radcliffe. C'est ainsi qu'il décida de se couper les cheveux plus court ; depuis longtemps déjà, il avait abandonné les lunettes rondes. Il avait l'attitude d'un homme recherché par la police, et changeant d'apparence pour ne pas se faire repérer.

Sa mère s'inquiétait de le voir si souvent seul et proposait : « Et si on organisait une soirée, samedi ? » Ou encore : « Tu ne veux pas inviter un copain à la maison ? » Il refusait systématiquement, sans sembler pour autant malheureux. C'est sa nature, pensa-t-elle un temps, imaginant qu'il la tenait de son père. Mais elle se ravisa assez vite. Enfant, il n'avait jamais été comme ça. Il passait son temps à jouer au parc avec ses amis, et adorait aller dormir chez l'un ou l'autre. Elle finit par lui demander frontalement :

« Est-ce que tu penses encore au casting ?

— Maman, je n'ai pas envie d'en parler.

— Je sais. Mais avec moi, tu peux tout partager. Franchement, ce n'est pas normal d'être aussi seul à ton âge.

— Je ne me sens pas bien avec les autres.

— Mais pourquoi ?

— C'est plus fort que moi. J'ai toujours peur qu'ils évoquent… ce que tu sais. Et que ça me fasse mal.

— Mais mon chéri, il y aura toujours des gens pour en parler. Tu ne peux tout simplement pas contourner ça.

— … »

Martin n'avait rien répondu. Il savait que sa mère avait raison. Non seulement il pensait avoir raté sa vie, comme il l'avait avoué à Xenakis, mais il devait survivre dans un monde hostile. Pour l'instant, il ne voyait d'autre solution que de se protéger par la solitude. Jeanne estima que la situation était plus grave qu'elle ne l'avait imaginé. Elle se dit qu'elle devait faire entrer de la vie dans leur vie.

10

Jusqu'à présent, Jeanne n'avait pas voulu imposer un nouvel homme à son fils. Elle pensait : « Il vient de perdre son père, il lui faut du temps... » Une position que Marc trouvait absurde. Depuis le séjour de Jeanne à Londres, il n'en pouvait plus de se contenter d'heures volées ici ou là. Sous ses airs compréhensifs, il estimait qu'on n'aidait pas un enfant en le protégeant trop. Lui-même avait un fils, Hugo, qu'il voyait très peu pour le moment. Il en avait perdu la garde. Jeanne n'arrivait pas à savoir ce qui s'était réellement passé. Elle ne connaissait qu'une version : « Mon ex-femme est une conne, elle a menti sur plein de choses, juste pour avoir du fric. Mais ça ne va pas durer. Selon mon avocat, je vais récupérer mon fils à la prochaine audience... » Elle avait du mal à faire un lien entre la délicatesse de l'homme qu'elle aimait et ces propos. Quand il parlait de son ancienne vie, c'était toujours avec du venin dans les mots.

C'est ainsi que Jeanne décida de faire entrer Marc dans leur foyer. Elle se rendit immédiatement compte qu'elle avait eu tort de s'inquiéter. Il passa une première nuit dans l'appartement, et dès le lendemain matin au réveil, ce fut comme si tout était normal. Martin sembla même apprécier cette bouffée d'oxygène. Les tête-à-tête avec sa mère étaient parfois pesants. Quant à Marc, il se montrait plus naturel que lors de leur première rencontre. Il ne cherchait plus à créer du lien à tout prix, en parlant de choses qu'il ne connaissait pas. Bref, il avait abandonné le sujet football. Il regardait Martin en soufflant : « Tu me fais penser à mon fils… » Hugo lui manquait tellement qu'il percevait chez tous les autres enfants les reflets du sien. Rien n'est plus visible que l'absence. Heureusement, Marc finit par obtenir la garde de son fils une semaine sur deux, et ils se mirent à passer des moments à quatre. Sans l'avoir prémédité, le couple qui vivait jusqu'ici son histoire en pointillé se transforma en famille recomposée. Par ailleurs, les deux garçons s'entendaient à merveille, ne laissant rien présager de ce qui allait se passer.

11

Quelques mois plus tard, ils décidèrent d'emménager ensemble dans un plus grand appartement. Une semaine sur deux, Martin se retrouvait sans Hugo. Cela offrait à sa vie une double tonalité. Quand sa mère sortait certains soirs avec Marc, il errait alors dans un royaume silencieux qui, la veille encore, avait été un joyeux foutoir. Les enfances modernes ont l'habitude de cette bipolarité des ambiances.

Régulièrement, Jeanne emmenait seul à seule son fils au restaurant. Il était important de conserver *leurs moments à deux*. Elle en profitait surtout pour le sonder, tenter de savoir comment il allait. À chaque fois qu'elle abordait le sujet *Harry Potter*, il esquivait. Pourtant, la situation n'évoluait pas d'une manière positive ; il continuait de contourner une vie sociale jugée dangereuse. Un soir, elle évoqua ses relations avec ses propres parents, ce qui était très rare. Martin ne connaissait presque rien de l'enfance de sa mère. Tout juste avait-il entendu parler d'un milieu insensible et bourgeois. C'était pour fuir cet environnement hostile qu'elle était partie pour Londres. Ses parents n'étaient même pas venus à son mariage, estimant sans même connaître John qu'elle faisait une monumentale erreur en s'unissant à un *moins que rien*. Elle ne les avait plus jamais revus.

« Ça ne te rend pas triste ? demanda Martin.

— Non, j'ai décidé que cela ne m'affecterait plus. Je crois qu'on peut arriver à ça dans la vie… à surmonter ce qui nous fait mal. »

C'était donc ça. Elle avait parlé de cette douleur afin d'en tirer une leçon pour son fils : *on peut surmonter ce qui nous fait mal.* Mais les situations n'étaient pas comparables. Jeanne avait rompu avec ses parents, d'accord. Mais comment aurait-elle vécu le fait de voir partout leurs visages sur des affiches ? Comment aurait-elle supporté de tomber sans cesse sur sa mère en allumant la télévision ? Pouvait-elle concevoir un monde où le sujet de conversation préféré des gens serait ses parents ? Imaginez un seul instant que ce qui vous fait souffrir ait l'envergure médiatique de *Harry Potter*. *Surmonter ce qui nous fait mal* devient alors un peu plus compliqué.

Peu après sa confession, Jeanne annonça :

« J'ai raconté à Marc, pour le casting.

— Ah bon ? Mais pourquoi ? Tu sais très bien que je veux que personne ne sache…

— Oui, pardon. C'est venu comme ça, dans la conversation. Je m'inquiétais pour toi, Marc m'a demandé ce que j'avais… Il s'intéresse beaucoup à toi. Tu sais comme il t'aime.

— …

— En tout cas, il a très bien compris à quel point cela avait dû être difficile pour toi.

— …

— C'est vraiment quelqu'un de bien, Marc. »

Martin n'en doutait pas mais, pour la première fois, il estima que sa mère l'avait trahi. Elle n'avait pas voulu mal agir, bien sûr, mais son initiative le contraignait à trouver un nouvel équilibre relationnel.

12

Harry Potter et l'Ordre du Phénix, le cinquième volume de la saga, s'apprêtait à envahir la France. Le 3 décembre 2003 pour être exact. Ce jour-là, ou plutôt la veille, les fans feraient la queue pendant des heures. Les librairies ouvriraient à minuit pile pour rendre le moment plus événementiel encore. Année après année, le phénomène prenait une ampleur monstrueuse. En Angleterre, le roman s'était vendu à presque deux millions d'exemplaires en une seule journée. Du jamais-vu, du jamais imaginé. Pour la première fois, un livre en anglais avait passé l'été dans le classement des meilleures ventes en France ; les lecteurs capables de se passer de la traduction s'étaient précipités. J. K. Rowling était devenue l'auteure la plus lue au monde.

Martin appréhendait particulièrement ces périodes où il lui était impossible de passer entre les gouttes. Depuis sa lecture passionnée du premier tome, il n'avait plus ouvert un volume de

Harry Potter. Il savait bien que, partout autour de lui, on dévorerait le nouvel opus. On lui demanderait forcément son avis, et il devrait avouer ne pas l'avoir lu, en tentant de paraître détaché. Mais le supplice ne s'arrêterait pas à cette esquive. On essayerait alors de le convaincre, de le motiver, de le culpabiliser : « Quoi ? Tu ne l'as pas lu ? Ce n'est pas possible ! Je vais te le prêter... » On lui ferait sans cesse la promotion de son pire cauchemar. Certes, il y avait un côté positif : les sorties de livres lui faisaient moins mal que celles des films ; il y avait comme une hiérarchie dans la douleur.

Un jour où on l'exhortait encore à lire le dernier *Harry Potter*, il avait hésité à répondre : « Je ne peux pas. C'est trop douloureux pour moi. » On lui aurait forcément demandé pourquoi. Martin se serait alors lancé dans son incroyable récit. Tant de fois l'aveu avait été au rivage de sa parole. Sûrement ne l'aurait-on pas cru, au début. Mais, preuves à l'appui, il aurait vite convaincu. Que se serait-il passé alors ? Est-ce qu'on se serait moqué de son échec ? Certainement pas. Il était persuadé du contraire : le témoignage de son aventure maudite lui aurait procuré une réelle aura. Tout le monde se serait agglutiné autour de lui pour le questionner. On l'aurait supplié de raconter l'envers du décor. Et s'il en était venu à évoquer sa rencontre avec Ron et Hermione, il serait carrément devenu la star de l'établissement. Alors quoi ? Pourquoi ne le faisait-il pas ? Pour la simple raison qu'il ne voulait pas être associé à cet échec. Il ne voulait pas lire en permanence dans le regard des autres : « Ah, c'est celui qui a failli être Harry Potter. »

13

Après l'arrêt de *L'Événement du jeudi*, Jeanne avait enchaîné les piges avant d'intégrer le service de politique internationale du *Point*. Il lui arrivait alors d'être accréditée pour suivre la délégation présidentielle lors de sommets à l'étranger. Au cours des mois suivants, elle partirait à de nombreuses reprises aux États-Unis pour suivre la campagne présidentielle, et l'affrontement entre George W. Bush et son opposant démocrate, John Kerry. Elle obtiendrait même une interview de ce dernier. Elle se sentait à l'aise au sein de cette nouvelle rédaction, et aimait la tension des conférences du lundi. Lors de la dernière réunion, Marie-Françoise Leclère avait annoncé qu'elle était en train de négocier avec les Éditions Gallimard Jeunesse un entretien exclusif avec J. K. Rowling : « Ce n'est pas encore sûr, précisa-t-elle, mais si ça se fait, ce sera sa seule interview... » Tout le monde s'enthousiasmait de ce scoop potentiel.

Jeanne ne cessa de ruminer cette information pendant toute la réunion. Plus rien d'autre ne l'intéressait. Elle pensait : J. K. est là, toute proche, accessible. Et si c'était ça, la solution pour apaiser mon fils ? En quittant la grande salle, elle s'avança vers Marie-Françoise :

« Bravo pour Rowling, c'est génial…

— Oh, rien n'est encore fait.

— Tu sais, j'ai été la première à écrire sur elle en France…

— Ah bon ? Je ne savais pas.

— Oui, j'aime beaucoup cette femme. Et justement, je voulais te demander…

— Quoi ?

— Si jamais tu décrochais cette interview, j'aimerais beaucoup m'en occuper…

— Toi ? Mais tu veux me piquer mon travail ? Est-ce que moi je vais interroger Angela Merkel à ta place ? » fit-elle avec un grand sourire.

Finalement, Marie-Françoise proposa qu'elles y aillent toutes les deux : « Comme ça, tu pourras lui demander ce qu'elle pense de la situation en Irak… » N'importe quelle opinion de J. K. Rowling sur n'importe quel sujet avait son intérêt. Jeanne remercia vivement sa collègue pour cette réaction adorable et retourna à son bureau. Une fois seule, elle se laissa gagner par l'excitation. Elle pourrait parler de Martin à la célèbre auteure ; elle se souviendrait forcément de lui. Accepterait-elle alors de le rencontrer ? Oui, sûrement. Tout le monde vantait ses qualités humaines et son altruisme. Depuis que chacun connaissait son succès, et sa richesse aussi, on disait qu'elle recevait chaque jour des centaines de lettres de gens qui imploraient son aide. Ce devait être oppressant, pensa Jeanne. Ce revers de la gloire. Ce poids incessant de la détresse des autres. Aider une maman seule avec son fils handicapé, trouver du travail à un chômeur ou un logement à un sans-abri, financer une opération du cœur ou une greffe de rein. Il y avait aussi des propositions moins anxiogènes heureusement, comme des demandes en mariage ou de piston pour être publié. Tel le pape, recevoir des doléances était son quotidien. Elle trouverait sûrement les mots qui aideraient Martin. Mais existaient-ils, ces mots ? Cette rencontre allait peut-être convoquer chez elle le scénario de la version ratée de sa vie. Si personne n'avait voulu de *Harry Potter*, que serait-elle devenue ?

Jeanne savait que les interviews avec la star étaient millimétrées et calibrées. Elle ne pourrait pas lui confier son histoire, surtout devant une autre journaliste. Le mieux était de lui faire passer une lettre avec ses coordonnées. Oui, c'était ça qu'il fallait faire, et tenter par la suite de la revoir. Un moment, elle se demanda si Martin apprécierait son idée. Rencontrer J. K. Rowling ne changerait certainement pas le cours de son existence. Et il détestait aborder le sujet. Que faire ? Elle était perdue. Jeanne oscilla plusieurs jours entre les différentes hypothèses, mais en pure perte. La créatrice de *Harry Potter* décida finalement de ne pas venir à Paris pour la promotion de ce tome ; elle ne donnerait pas d'interview.

14

Le jour de Noël arriva, et la famille recomposée fit un grand repas. C'était la première fois qu'ils le fêtaient ensemble. Pour Martin, c'était le deuxième réveillon sans son père. Cela le bouleversait aujourd'hui, et cela le bouleverserait pour toujours.

La soirée fut pourtant une réussite. Les garçons partageaient de bons moments, même si Hugo débordait de cette immaturité propre aux enfants gâtés. Depuis que son père avait récupéré son droit de garde, il était devenu ce qu'on appelle un *enfant roi*. Il y avait une sorte d'accord tacite entre les deux adultes, qui s'interdisaient d'intervenir dans l'éducation de l'enfant de l'autre, mais Jeanne ne pouvait s'empêcher de lui dire parfois : « Tu laisses vraiment tout passer à Hugo, ce n'est pas bien… » Son compagnon l'écoutait bien sûr, elle avait probablement raison pensait-il, mais il lui était impossible de faire autrement. Il répondait : « Oui, je sais, mais le pauvre, ça a été dur pour lui… » Hugo jouait parfois de ce pouvoir sur son père, exerçant une facile tyrannie. Mais, leurs caractères à tous s'accordant finalement assez bien, cela ne prenait guère de proportions.

À minuit, on ouvrit les cadeaux. Jeanne avait offert aux deux garçons la même chose : un iPod. C'était plus simple pour éviter les comparaisons ou les rivalités. Ils sautèrent de joie, et commencèrent à évoquer leurs chansons préférées. Mais il y avait d'autres paquets. Martin vit son prénom sur l'un d'entre eux, et se précipita pour le déballer. Il devint blême ; tout comme Jeanne qui s'aperçut tout de suite de l'erreur commise. Elle lança aussitôt un regard vers le responsable :

« Mais… Marc…

— Je pensais bien faire… » dit-il d'une manière gauche.

Martin fonça dans sa chambre. Le réveillon était fini. Jeanne partit le réconforter. Il n'était pas triste, juste choqué. De l'autre côté de la porte, Marc tenta de s'excuser, mais le mal était fait.

Un peu plus tard, Jeanne retrouva Marc dans leur chambre :

« Mais comment as-tu pu faire ça ?

— J'ai pensé que ça serait une bonne idée.

— Une bonne idée ? Offrir un livre de *Harry Potter* à mon fils, une bonne idée ? Alors que tu connais l'histoire…

— Justement… Je me suis dit que c'était la meilleure chose à faire.

— La meilleure chose à faire ?

— Oui, il faut exorciser. Il faut arrêter de contourner tout le temps le problème. Tu sais très bien que ce n'est pas possible… Alors autant mettre la tête dedans… » continua-t-il, d'une voix peu assurée néanmoins.

Si sa théorie était intellectuellement concevable, Jeanne estimait sa mise en pratique dénuée de toute sensibilité. Très perturbée, elle demanda à Marc d'aller parler à Martin. Hugo râlait dans son coin : « Oh ça va… c'est juste un livre ! Il est vraiment chiant de gâcher Noël pour ça ! » C'était ce qui faisait le plus de mal à Martin, qu'on ne le comprenne pas, qu'on associe son malaise à un caprice. Alors qu'il souffrait la plupart du temps en silence, sans encombrer quiconque avec sa tragédie intime. Les humeurs s'apaisèrent au bout d'un moment. On finit par évoquer une maladresse, cela pouvait arriver.

15

Jeanne était heureuse de la tournure que prenait sa vie professionnelle. Les Français se passionnaient pour l'élection américaine, et on lui demandait de se rendre à Washington. En Europe, nul ne pensait que Bush Junior pouvait être réélu. Pour beaucoup, il avait été le pire président américain ; en matière de médiocrité, il resterait indépassable.

« Ma chérie, ne t'inquiète pas, je peux très bien m'occuper de Martin.

— Tu es sûr ? Ça ne te dérange pas ?

— Évidemment que non.

— Mais quand Hugo n'est pas là, je n'ai pas envie de t'imposer…

— Ça ira très bien. Et franchement, Martin est très autonome… »

Marc avait non seulement rassuré mais aussi déculpabilisé Jeanne. L'attitude compréhensive de son compagnon la délestait d'une charge mentale qui avait été décuplée depuis la mort de John. Elle pouvait partir l'esprit tranquille.

Durant son séjour, elle prit l'habitude de faire une pause en milieu d'après-midi pour téléphoner en France. Elle avait besoin d'entendre la voix de son fils, même s'il ne parlait pas beaucoup. La moindre anecdote concernant sa vie au collège devait toujours lui être arrachée. Puis elle enchaînait avec Marc, nettement plus bavard. À l'inverse, il fallait souvent le couper en pleine dissertation sur tel ou tel sujet. Il se vexait parfois de l'interruption brutale de son récit, oubliant que Jeanne, elle, était au milieu de sa journée de travail. Pourtant, étrangement, ces conversations soudaient le couple ; il arrive qu'on se sente plus proches encore dans l'éloignement. Cela marquait un net changement pour Jeanne par rapport à son quotidien avec John, qui n'aimait rien dévoiler de ses péripéties intérieures. Elle comparait les deux hommes de sa vie, quoi de plus normal. Il était à peu près certain que, devant une intersection, l'un aurait pris à gauche et l'autre à droite. Elle se sentait protégée avec Marc, comme si leur histoire possédait la puissance d'un antidote aux désastres. Mais elle avait perdu l'excitante instabilité des jours avec John. Ce qu'elle vivait à présent était sûrement préférable pour construire une nouvelle vie, des fondations épargnées par la poésie des hésitations. Car oui, elle envisageait d'avoir un autre enfant. Elle pourrait facilement mettre sa carrière entre parenthèses pour quelques mois. Puis elle remettait en doute ce désir. Elle aimait un nouvel homme, cela la comblait, pourquoi vouloir plus ? Il était sûrement classique de se perdre dans le dédale d'un tel choix. D'autant plus que Jeanne vivait des événements exaltants, loin de son continent. Et c'est peut-être ainsi qu'on émiette sa lucidité.

Car elle ne voyait pas tout. À sa décharge, il n'y avait pas eu de signes avant-coureurs. C'était apparu de manière subite. Dès leur premier soir à deux, alors que Martin regardait la télévision dans le salon, Marc s'était approché de lui. Un instant, il était resté debout en le fixant sans rien dire ; face à sa cible, affinant son tir. Il avait fini par émettre, très calmement, d'une voix assez basse, presque inaudible :

« Je préfère que tu ailles dans ta chambre.

— Pardon ?

— Je préfère que tu ailles dans ta chambre.

— Dans ma chambre ?

— Oui.

— Quand ?

— Là, maintenant. Je préfère que tu ailles dans ta chambre.

— Mais… je suis en train de regarder une émission.

— Alors tu éteins.

— …

— J'ai des appels à passer pour le travail, et j'ai besoin de calme. »

Martin avait été surpris par le ton froid et directif de son beau-père. Exprimée autrement, il aurait tout à fait pu comprendre sa demande. Mais là, quelque chose n'allait pas. La politesse même de la phrase, ainsi lentement et posément martelée, accentuait le sentiment d'une menace. Par ailleurs, il avait du mal à saisir le propos. Il aurait tout à fait pu téléphoner au calme dans sa chambre à lui. Pourquoi avait-il besoin du salon ? Il y avait là comme un désir de le consigner. Martin sentit qu'il valait mieux éviter toute discussion. Il éteignit la télévision et s'exécuta. Allongé sur son lit, il tenta de comprendre. Peut-être Marc avait-il passé une journée compliquée ou reçu une mauvaise nouvelle ? Les enfants peuvent vite devenir des défouloirs à frustration. Quelque chose demeurait néanmoins incompréhensible dans la succession des événements. L'adolescent n'entendait aucun bruit dans l'appartement ; rien qui évoque des appels téléphoniques en cours. Sans trop savoir que penser, il finit par s'endormir.

16

Pour un autre motif sans importance, Marc réitéra sa demande le lendemain soir. À peine le dîner terminé, il envoya Martin dans sa chambre. Cette fois-ci, il ajouta :

« Et ne dis rien à ta mère, d'accord ? Hein ?

— …

— Je te parle.

— Oui, j'ai entendu.

— Ne t'avise pas de répéter ça à ta mère. C'est entre nous. »

L'adolescent resta un moment immobile, sous le choc. Il avait face à lui un tout autre homme que celui qu'il croyait connaître. Pourtant, le repas s'était passé sans incident. Ils avaient chacun évoqué leur journée ; une discussion certes superficielle mais qui ne présageait en rien le revirement à venir. Marc avait subitement changé d'attitude. Un comportement erratique finalement bien plus effrayant qu'une agressivité établie. À partir de maintenant, Martin ne pourrait jamais plus prévoir quel homme allait lui faire face ; une sorte de roulette russe de l'humeur. Une fois dans sa chambre, il avait tenté de minimiser les faits, mais était-ce seulement possible ? Marc lui avait clairement demandé de ne rien répéter à sa mère. Cela trahissait la conscience qu'il avait du caractère illicite ou répréhensible de son attitude. C'était peut-être sa conception de l'éducation… Non, il le voyait agir avec son propre fils, et c'était tout le contraire. On pouvait même dire qu'il manquait d'autorité avec Hugo, le laissant tout faire. Alors quoi ? Que se passait-il ? Martin aurait peut-être dû s'indigner, se révolter : « Non, je ne vois pas pourquoi j'irais dans ma chambre. » Il aurait pu aussi menacer de tout répéter. Mais il ne dirait rien. Par peur probablement, et aussi pour une autre raison : il sentait sa mère épanouie. Il ne voulait pas abîmer ce qu'elle vivait. Cela risquait de devenir une insoutenable équation. Devait-il payer de son malheur le bonheur de sa mère ?

Le soir suivant, ce fut pire. Marc ordonna à Martin d'aller directement dîner dans sa chambre. Il ne voulait ni le voir ni l'entendre. La maltraitance se résumait pour le moment à un confinement géographique. On délimite le territoire, comme font ceux qui traquent les bêtes. Avant de s'endormir, Martin repensa à Noël. Il lui parut alors évident que le cadeau avait été une perversité déguisée en maladresse. Mais pourquoi ? Quel était son but ? Le pousser à bout pour se débarrasser de lui, l'envoyer en pension ? C'était incompréhensible. Comme souvent dans ces cas-là, au lieu de remettre en question l'équilibre mental de son agresseur, il en vint plutôt à douter de lui. Avait-il fait quelque chose de mal ? Forcément. Il n'y avait pas d'autre explication. Une illogique culpabilité s'empara de lui. Il était peut-être insupportable, avec sa phobie de *Harry Potter*. Il avait pourtant le sentiment de n'encombrer personne, mais il se trompait probablement. Tout devait être de sa faute.

17

Au retour de Jeanne, la comédie de la normalité reprit. La famille recomposée dînait dans une atmosphère joyeuse. Marc lançait parfois des regards menaçants à Martin, et alors l'adolescent baissait la tête. Il n'avait qu'une envie : s'enfermer dans sa chambre. Les conséquences ne se firent pas attendre. Ses résultats scolaires chutèrent, il perdit du poids. Inquiète, sa mère voulut prendre à nouveau pour lui rendez-vous chez un psychologue, mais il refusa en prétextant que la première expérience n'avait pas été concluante. Martin espérait que les choses s'arrangeraient, mais, au printemps, Jeanne annonça un nouveau reportage d'une semaine. Vu l'état de fragilité qu'elle percevait chez son fils, elle hésita à partir, avant de finalement refouler son inquiétude. Ce n'était tout simplement pas possible. Renoncer maintenant, c'était prendre le risque de se faire doubler. Et les ambitieux ne manquaient pas au journal. Alors, pour s'apaiser un peu, ou se donner bonne conscience, elle minimisa ce qu'elle ressentait. Il fallait voir dans l'attitude récente de Martin une crise d'adolescence, tout le monde passait par là, souffrir un peu à cet âge-là n'avait rien d'exceptionnel.

Par ailleurs, son choix avait été conforté par les mots rassurants de Marc :

« C'est normal. On se renferme toujours un peu vers quatorze, quinze ans.

— Non. Regarde ton fils, c'est un bon vivant.

— Hugo est moins torturé, c'est sûr. Mais il est surtout plus immature. Martin a grandi très vite, avec ce qu'il a vécu. Tu peux voir la partie négative, mais moi je pense qu'il est très sensible, et très fin.

— Tu trouves ?

— Oui. On parle beaucoup, quand tu n'es pas là. Il a beaucoup de ressources, je te le dis…

— Ah bon ? Il te parle, à toi ?

— Bien sûr.

— Et vous vous dites quoi ?

— On a nos secrets… » dit-il avec un sourire qui rendit un peu le sien à Jeanne.

Elle retourna ce soir-là dans la chambre de son fils. En avançant vers le lit, Jeanne se remémora fugitivement la petite enfance de Martin. Tout paraissait encore si proche ; elle se voyait le bercer, lui raconter des histoires, le consoler de ses chagrins. Une fois assise près de lui, elle dit tout bas : « Je ne pars qu'une semaine mon chéri. Ça va passer vite… » Elle l'embrassa sur le front, avant d'éteindre la lumière.

18

Les jours allaient devenir interminables. Cette fois, Hugo était présent. Martin trouva qu'il avait changé depuis la semaine précédente. Il avait pris du poids, paraissait presque rose, et ses cheveux lui tombaient sur le visage. Il lui rappelait quelqu'un, mais qui ? Subitement, l'image lui sauta aux yeux. On aurait dit Dudley, le cousin tyrannique et vulgaire de Harry Potter. Ce personnage ainsi décrit par J. K. Rowling dans le premier tome : *un cochon avec une perruque.* Il y avait à l'évidence une sorte d'étrange similitude.

Cette pensée aurait pu être anodine, mais elle s'ajouta à une succession d'éléments déstabilisants. Depuis son échec au casting, la vie de Martin était traversée par l'inquiétude et la solitude, tout comme celle de Harry avant d'intégrer Poudlard. Par ailleurs, on l'avait déjà accosté pour lui dire qu'il ressemblait à Daniel Radcliffe. Enfin, il demeurait profondément troublé par le fait d'avoir perdu son père, et d'être devenu orphelin. Certes, il n'avait pas perdu ses deux parents, mais l'amputation affective était du même ordre. Et maintenant, voilà qu'il était maltraité, tout comme Harry quand il vivait sous la tyrannie de son oncle et de sa tante.

*

Le soir même, Martin formula clairement son sentiment :

« Je suis en train de devenir Harry Potter. »

*

Pouvait-on incarner un personnage de fiction dans la réalité ? Martin commença à le croire. Il avait manqué de peu le rôle, car il avait toutes les qualités pour incarner Harry. Il l'obtenait finalement, mais dans la vraie vie. Il se mit alors à penser : « Dois-je lire les autres tomes pour savoir ce qui va maintenant m'arriver ? » Tout le début concordait parfaitement. Vernon et Pétunia Dursley laissaient croupir leur neveu Harry sous un escalier. Pourtant, il y avait une autre chambre disponible dans la maison. Mais il en fallait deux à leur fils, Dudley : l'une pour dormir, l'autre pour y entreposer ses jouets. Martin aussi avait été consigné, certes pas dans un placard, mais dans une zone restreinte de l'appartement. Et ce n'était que le début, il l'avait compris. La pression malveillante n'allait cesser de s'accroître.

Tout comme Dudley avec Harry, Hugo commença à malmener Martin. En l'absence de Jeanne, il se permettait tout. À vrai dire, il était lui-même manipulé par son père. Marc disait à son fils : « Allez viens, embêtons-le un peu… Il faut savoir se moquer de soi-même ! » Ainsi, ils n'hésitaient pas à laisser traîner un livre de J. K. Rowling dans l'appartement, et passaient les dîners à commenter les aventures de Poudlard. Martin quittait alors la table, et se réfugiait dans sa chambre. « Oh comme il est susceptible ! » entendait-il. Il plongeait la tête sous son oreiller pour tenter d'atténuer le son des paroles perfides. Il aurait voulu être plus fort, se montrer insensible face aux deux monstres hilares, mais il n'y arrivait pas. Toute évocation de *Harry Potter* le violentait. C'était facile pour eux, un bouc émissaire avec un point faible si évident ; il offrait sa souffrance sur un plateau.

À la bibliothèque de son établissement, Martin emprunta un livre sur le harcèlement. En lisant le témoignage des victimes qui, comme lui, se sentaient coupables, il reconnut sa propre expérience. Il devait arrêter de penser que tout était de sa faute. Le plus important maintenant était de trouver le courage d'en parler à sa mère. Oui, c'était ce qu'il devait faire, sans craindre les représailles. Il lui raconterait tout, et elle réagirait aussitôt. Furieuse, elle demanderait à ce malade mental de partir. Tout serait fini et ils reprendraient leur vie comme avant. Martin imaginait sans cesse cette confession qui serait une délivrance ; il connaissait déjà chaque phrase, chaque virgule, chaque respiration. Mais, au moment où sa mère revint de voyage, il fut incapable de parler. Ce n'était plus vraiment pour ne pas saccager son bonheur, mais plutôt à cause de quelque chose qui se rapprochait de la honte. Oui, il se sentait si honteux qu'il n'arrivait pas à parler. Par ailleurs, le retour de Jeanne marquait la fin du harcèlement. Dès qu'elle revenait, l'enfer s'évaporait. On renouait avec le paradis de pacotille.

19

Au mois de mai commença l'intensive campagne marketing pour la sortie du troisième film de la saga, *Harry Potter et le prisonnier d'Azkaban.* Cette fois-ci, ce n'était plus Chris Columbus qui était aux commandes mais Alfonso Cuarón. J. K. Rowling avait elle-même suggéré son nom aux producteurs car elle avait apprécié son film *Y tu mamá también,* et sa façon de diriger les adolescents dans *La Petite Princesse.* Des années plus tard, elle dirait d'ailleurs dans une interview que cet opus demeure son préféré. Dès la révélation des premières images, on perçut comme une gradation dans l'excitation. On entrait véritablement dans la dimension sombre de l'histoire, une dimension qui ne cesserait de s'accroître. Martin y voyait un écho à sa tragédie intime. Les Détraqueurs, puissances destructrices de la beauté et des souvenirs heureux, rôdaient chez lui. Il y avait du Voldemort chez Marc. À travers ces forces du mal, J. K. Rowling transposait sa propre souffrance ; celle éprouvée pendant la longue dégénérescence de sa mère. Là aussi, Martin s'y retrouvait. Le cancer, incarnation maléfique, avait vaincu son père.

Le réel et la fiction, tout se mélangeait dans sa tête. Il perdait pied, et les incessantes incursions de *Harry Potter* l'empêchaient systématiquement de sortir la tête de l'eau. Cette fois, cela lui paraissait encore plus difficile qu'à l'habitude. L'imminente sortie du film, le 2 juin 2004, ne pourrait échapper à personne. Chacun des deux premiers volets avait avoisiné les dix millions d'entrées en France. Il était probable que la performance allait se répéter ; cela représentait l'équivalent d'un Français sur sept ; et tous les adolescents iraient sûrement le voir. Pour Martin, c'était une période trop douloureuse à vivre. Il lui était toujours impossible de ne pas s'imaginer à la place de Daniel Radcliffe. Il supplia sa mère de l'autoriser à ne pas aller à l'école pendant deux semaines.

Dans un premier temps, elle avait tenté de le raisonner : c'était aussi excessif qu'inconcevable. Elle souffrait déjà de le voir sans amis ; rester à la maison marquait clairement une étape supplémentaire. Mais il n'avait jamais été capricieux ; cette demande relevait d'une nécessité. Désemparée, elle finit par se résoudre à céder aux supplications de son fils. Bien sûr, elle ne pourrait pas donner d'explication franche au directeur. Elle ne s'imaginait pas avancer : « Martin ne peut pas venir en ce moment, car un nouveau *Harry Potter* va bientôt sortir… » Jeanne prétexta donc une santé fragile et le besoin de repos.

Il passerait ainsi deux semaines seul à la maison. Son unique frayeur était que Marc prenne un congé et demeure avec lui toute une journée. Heureusement, cela n'arriva pas. Sa mère téléphonait régulièrement, et il la rassurait. Il avait pris la bonne décision, celle de se terrer lors des campagnes intensives de marketing. Alors que Jeanne avait d'abord trouvé insensée sa demande, il lui arrivait maintenant de comprendre son fils. Non seulement elle voyait des affiches partout dans Paris, mais quantité de produits faisaient également la promotion du film. Elle avait par exemple acheté du dentifrice Colgate sans se rendre compte que la marque était partenaire. Heureusement, elle s'en était aperçue au dernier moment et avait pu jeter le produit avant que son fils ne l'utilise. Même se brosser les dents devenait compliqué… Quant à Martin, il restait aussi à l'écart des médias : pas de radio, pas de journaux, et pas de télévision bien sûr. Il n'avait pas tort. On y tombait sans cesse sur les acteurs en train d'évoquer leur vie trépidante. Raconter la magie de leur aventure était aussi important que de vanter la qualité du long-métrage. Cela concourait au *storytelling* de l'émerveillement. Daniel Radcliffe avait même déclaré : « Tourner ces films, c'est le plus grand terrain de jeu qu'on puisse espérer… » Si tous les enfants du monde rêvaient d'être à sa place, qu'en était-il de celui qui avait failli y être ?

20

Malheureusement, l'énergie que mettait Martin à fuir l'actualité était en permanence sabotée. Quand Hugo revenait de l'école, il entrait aussitôt dans sa chambre pour lui raconter telle ou telle anecdote. Il venait par exemple de voir un reportage sur l'hystérie des avant-premières en Corée du Sud :

« C'est fou ! On dirait des rock stars !

— …

— Les gens crient leurs noms, les filles s'évanouissent. C'est dingue ce qu'ils vivent !

— …

— Je comprends vraiment que tu sois dégoûté… »

Martin le repoussait, rêvant de bloquer l'accès à sa chambre pour ne plus avoir à subir ces intrusions malveillantes, mais c'était impossible. Marc en avait retiré la clé, estimant que les enfants n'avaient pas à s'enfermer. Ainsi chacun pouvait entrer dans son périmètre quand bon lui semblait ; le harcèlement n'avait plus de frontière.

Le jeudi soir de la seconde semaine, Jeanne téléphona pour dire qu'elle était retenue au travail. Aussitôt, Martin eut l'intuition qu'il allait payer cher ce contretemps. Cela ne manqua pas. Marc entra dans sa chambre :

« Franchement, tu aurais pu mettre la table. Déjà que tu ne fous rien de la journée.

— …

— Il a bon dos, ton Harry Potter. Jamais vu une excuse aussi bidon. »

L'adolescent se dirigea vers la cuisine et s'exécuta. Ce soir-là, Hugo et Marc décidèrent tout bonnement de le rebaptiser Harry. Pendant tout le dîner, ils alternèrent les « Harry, tu peux me passer le sel ? » avec des questions comme « Ça va, Harry ? T'as passé une bonne journée à Poudlard ? » Ils ricanaient bêtement, fiers de leurs minables éclats. Martin demeurait incapable de comprendre leur logique ; il accusait les coups, comme hébété. Il regrettait de ne pas parvenir à adopter l'attitude flegmatique de Harry Potter, lorsqu'il était confronté aux violences verbales de son oncle et de sa tante. Tout juste s'était-il levé pour retourner dans sa chambre que Marc l'en avait sèchement empêché : « Tu restes à table ! On n'a pas fini ! » Le ton avait subitement basculé. Plus la moindre trace de prétendu humour. Même Hugo ne semblait plus vraiment saisir ce qui se passait. Martin fixa alors son assiette, sans bouger. Le silence plana un moment, mais il fallait porter un dernier coup, achever le travail, alors Marc soupira : « Tu ne bouges pas, tu ne dis rien, c'est fou, tu agis exactement comme ton père… »

Le bourreau savait parfaitement qu'il était allé trop loin. Il venait d'appuyer sur la corde la plus sensible de l'enfant. Après un instant nécessaire pour admettre la réalité d'une telle attaque, Martin se mit à crier plusieurs fois : « Ça suffit ! Ça suffit ! Ça suffit ! » Puis il poussa Hugo. Ce dernier tomba de sa chaise, et se cogna la tête sur le sol. Rien ne semblait pouvoir arrêter la furie de Martin. Marc se leva à son tour, non pour relever son fils mais pour gifler l'adolescent. Une gifle sèche et violente. Martin le foudroya du regard et quitta la cuisine. Hugo se releva sans rien dire, et fut réconforté par son père. « Il est complètement hystérique, ce gamin ! » ajouta-t-il d'une voix pourtant peu assurée. Il savait que Jeanne allait bientôt rentrer, et que l'affaire risquait de ne pas en rester là.

Face au miroir de la salle de bains, Martin considérait sa joue rougie. La trace était incontestable. Il raconterait tout à sa mère. Oui, c'en était fini de son silence. Marc était-il capable de lire dans ses pensées ? Il s'approcha soudain avec une attitude qui semblait radicalement différente. Il prit un gant et le passa sous l'eau avant de le donner à Martin :

« Tiens, passe-le sur ton visage. C'est de l'eau froide.

— Non.

— Quoi non ?

— Je ne veux pas.

— Et pourquoi ? Ça te fera du bien…

— Je veux garder la trace. Je veux que ma mère puisse la voir.

— À ta place, je ne ferais pas ça. Prends ce gant, je te dis.

— …

— Si tu ne le fais pas, je vais le faire de force… »

Pour la première fois, Martin eut vraiment peur. Il était livide, son cœur battait follement. Marc sentit que la situation lui échappait. Cela avait été plus fort que lui. Il savait d'où lui venait ce goût de la violence, cette perversité qui lui procurait de l'adrénaline, mais soudain il se rendit compte qu'il jouait un jeu dangereux. Il fallait rattraper la situation, et vite :

« Tu sais très bien que je ne voulais pas te faire mal. Mais tu as poussé Hugo… C'est toi qui as commencé…

— Et les mots sur mon père ?

— Tu n'aurais pas dû mal les prendre. Je te promets, ils n'étaient pas négatifs. Ton père était un artiste, un rêveur. Ta mère me l'a toujours dit. J'ai beaucoup d'admiration pour lui. Je te disais juste que tu étais dans ton monde à ce moment-là…

— …

— Si tu as ressenti les choses ainsi, j'en suis désolé.

— …

— Tu sais, je t'aime comme mon propre fils.

— Alors pourquoi vous continuez à m'appeler Harry ?

— C'est de l'humour. Dans ma famille, on a toujours été comme ça. On se taquine, mais ça reste bon enfant.

— Ce n'est pas drôle.

— Encore une fois, je suis désolé si je t'ai blessé. Je te promets qu'on va arrêter. Franchement, j'ai juste pensé que ça t'aiderait à dédramatiser. Mais je vois bien que ça ne marche pas…

— …

— Oublions cette soirée, tu veux bien ? »

Tout en parlant, Marc jetait des regards vers sa montre. Jeanne allait bientôt rentrer. Il fallait rapidement apaiser la situation. Martin était perdu. Les mots qu'il entendait lui semblaient sincères, mais il ne pouvait s'empêcher de trouver répugnante cette subite tendresse. Marc ajouta quelques phrases sur l'harmonie de son couple avec Jeanne, bonheur qu'il ne fallait pas perturber par le récit de cette soirée ratée. C'était donc ainsi qu'il voyait ce qui venait de se passer : une soirée ratée. Il l'avait poussé à bout, humilié, avait insulté la mémoire de son père simplement au nom de l'humour et de la dédramatisation. Marc martela à nouveau : « Pense à ta mère… » Et c'est à cet instant précis que se fit entendre le bruit de la clé dans la serrure. Quelques secondes plus tard, Jeanne entrait dans la salle de bains, et demandait aussitôt en découvrant la marque sur la joue de son fils :

« Que s'est-il passé ?

— Rien, mon amour. Les deux garçons se sont disputés, ça peut arriver, répondit Marc.

— Ah bon ? À propos de quoi ?

— Oh, je ne sais pas. Je n'ai pas suivi. J'ai envoyé Hugo dans sa chambre… »

L'adolescent ne dit rien. Sa mère s'approcha de lui : « Ça va, mon chéri ? » Jeanne fit signe à

Marc de les laisser. Il quitta la pièce en lançant un dernier regard menaçant à Martin. Une fois seul avec sa mère, celui-ci demeura mutique, comme en état de choc. Elle lui demanda plusieurs fois de tout lui raconter, mais rien à faire, il ne voulait rien dire. Il lui fallut encore un moment pour pouvoir enfin répondre : « Ce n'est rien. »

21

Jeanne était inquiète. Son fils n'allait plus à l'école, se renfermait de plus en plus sur lui-même, avait parfois du mal à s'exprimer ; et voilà maintenant qu'il s'était battu avec Hugo. Elle espérait beaucoup de l'été à venir pour les sortir du quotidien. Un peu plus tard dans la soirée, au moment de dire bonne nuit à Martin, elle évoqua un voyage en Grèce qu'ils pourraient faire tous les deux. Il trouva l'idée bonne, mais ne témoigna son enthousiasme que par quelques mots. Elle repéra alors une boîte posée sur le bureau de son fils, une boîte qu'elle ne connaissait pas. Pour prolonger la conversation, avant de le quitter pour la nuit, elle l'interrogea :

« Qu'est-ce qu'il y a dedans ?

— De l'aluminium, répondit Martin.

— Ah bon ? Mais pourquoi ?

— Ce sont les papiers d'aluminium dans lesquels papa mettait les sandwichs. Quand je prenais le train pour te retrouver…

— Tu les as gardés ?
— Oui.
— Mais… c'est… »

À vrai dire, Jeanne n'avait pas les mots. Elle trouva ce geste si beau. Martin ne lui avait jamais parlé de cette collection émotionnelle. Cela la propulsa au bord des larmes. Il y avait une telle humanité chez son fils.

22

Les choses changèrent radicalement. Marc redevint bienveillant, et Hugo suivit le mouvement. Ce dernier avait bien sûr été conditionné par son père : « On arrête. Ça ne le fait pas rire du tout… » Au fond de lui, cela le soulageait. Il appréciait de retrouver une connivence avec celui qu'il considérait en fait comme son demi-frère, et il se promit de ne plus dorénavant aborder le sujet qui le blessait. Cette éclaircie n'empêchait pas Martin de rester sur ses gardes ; il continuait d'avoir la peur au ventre quand il se retrouvait seul avec Marc. Tout pouvait recommencer. C'est peut-être ça, la plus grande réussite d'un agresseur : provoquer une terreur sourde sans avoir plus rien à faire.

Pour le bonheur de sa mère, Martin était prêt à vivre avec cette épée de Damoclès au-dessus de la tête. Inconsciemment, il avait le sentiment que la tristesse avait tué son père. Alors il laissait Jeanne nager en plein bonheur, sans se douter que l'eau était trouble. Un bonheur qui avait également sa source dans le retour à l'école de son fils. Comme il s'y était engagé, il était retourné au lycée après les deux semaines d'absence. Il avait même prétendu être heureux de retrouver certains de ses camarades. Il lui arrivait de faire la promotion de la version positive de sa vie pour apaiser sa mère. Mais son existence demeurait compliquée. En seulement deux semaines, *Harry Potter et le prisonnier d'Azkaban* avait cumulé plus de quatre millions d'entrées, un score phénoménal. En revanche, s'il avait craint que ce soit le sujet le plus commenté par tous les collégiens, il s'était angoissé pour rien. La fièvre s'était estompée, et chacun parlait plutôt de ses projets de vacances. Par ailleurs, Martin avait été touché par l'accueil qu'il avait reçu à son retour. Tout le monde avait été adorable. Ses camarades comme ses professeurs songeaient qu'il fallait avoir vécu quelque chose de grave pour manquer les cours pendant deux semaines. On l'interrogeait sur les raisons de son absence, il demeurait évasif. Son silence fascinait même certains élèves. C'était une leçon à tirer pour quiconque voulait devenir populaire ; on prête toujours aux taiseux d'incroyables histoires.

En sentant cette attention autour de lui, il avait presque l'impression d'être Harry au moment de son arrivée à Poudlard. Chacun voulait s'approcher du célèbre sorcier que Voldemort n'avait pas réussi à tuer. Martin demeurait néanmoins très solitaire. À vrai dire, sa destinée se déployait à l'opposé de celle de Daniel Radcliffe. L'acteur devait mener une existence intense, faite de rencontres perpétuelles, de voyages et de joies. Son quotidien devait avoir la richesse de deux vies. Alors que Martin réduisait la sienne à néant. Le casting avait propulsé les deux garçons dans un foudroyant déséquilibre.

Martin en était là de ses pensées quand, dans le métro, en rentrant de l'école, un homme lui donna ce prospectus :

QUEL QUE SOIT VOTRE PROBLÈME, CONTACTEZ-LE

Professeur Cissé M'Béré

LE TRÉS EXCELLENT VAUDOU GUÉRISSEUR DIRECT

Marabout de la plus grande puissance qu'il tient dans sa main de ses ancètres. Ses résultats sont garantis à plus de 100% et remboursés. Si un problème tante a lui échapper, il le pourchasse sans pitié. Il a 30 ans d'experiance et résout les mauts qui t'agacent dans ta vie. Ses consultations sont approfondies et précises. LES PROBLEMES D'AMOUR N'ONT PLUS DE SECRET POUR LUI. Retour d'affection, retour de l'etre aimé qui demandera pardon le reste de sa vie. Les problèmes de travail peuvent aussi être résolus d'un claquement de doigts: fatigue, mauvais chef ou mauvais employé, tout disparait. La chute des cheveux, la mauvaise santé, les problèmes de fertilité, tout problème a sa solutin. Désenvoutement de cartes sim et pose de puce sur les playstation, contraventions, problèmes de passeports...

100% GARANTI DANS TOUS LES DOMAINES

Visiblement c'était le marabout en personne qui arpentait les rames. Il portait une multitude de colliers et une bague à chaque doigt. Un véritable Dumbledore de la ligne 12. Cet homme disait peut-être vrai, cet homme avait peut-être une solution à son problème. Étrangement, Martin ne pensa pas à combattre Marc. Son esprit se précipita immédiatement vers *Harry Potter.* Là était son obsession ; là était son désir que quelqu'un lui vienne en aide en *pourchassant sans pitié* le mal. Mais comment faire ? Devait-il planter des aiguilles dans une poupée à l'effigie de Daniel Radcliffe ? L'acteur tomberait peut-être malade… Non, non, il ne voulait pas lui faire de mal. Alors quoi ? Il y avait sûrement une sorte de solution intermédiaire. Le professeur pouvait lui jeter un sort… pour qu'il ne soit plus capable de jouer. Oui c'était bien, ça. Transformer Daniel Radcliffe en piètre acteur. Ça serait une catastrophe, la panique gagnerait la Warner. Plus la moindre intonation juste, que des gestes bouffis par l'artificiel. Ils n'auraient alors d'autre choix que de faire appel à lui pour le remplacer. C'est ainsi que Martin, le temps de quelques stations et d'une rêverie dans le monde du vaudou, se vit prendre la place de Daniel Radcliffe. En sortant de la bouche de métro, il froissa le papier et le jeta dans une poubelle.

23

L'été s'annonçait. En débarquant en Grèce, ce 5 juillet 2004, Martin et sa mère se retrouvèrent à nouveau au cœur d'un phénomène d'hystérie collective, mais sans rapport avec *Harry Potter*, cette fois. L'équipe nationale de football venait de remporter l'Euro. Pour la première fois de son histoire. Quelle étrange sensation que d'aller chercher au loin du calme et de la sérénité pour se retrouver au milieu d'une gigantesque boîte de nuit. Heureusement, depuis Athènes, ils prirent le ferry pour rejoindre l'île de Santorin, avec ses plages de sable noir. Martin s'initia à cette occasion à la plongée en apnée. Tout comme l'année précédente au Groenland, il semblait irrémédiablement attiré par tout ce qui pouvait lui permettre d'échapper au monde. Dans les profondeurs, il éprouvait l'impression paradoxale de s'élever. Le soir, ils dînaient à la terrasse de petits restaurants charmants, de poisson et d'aubergines ; la carte postale était si parfaite qu'on entendait au loin quelqu'un jouer du bouzouki. Jeanne ne regardait pas les paysages époustouflants, mais le visage enfin serein de son fils. C'était ça qu'elle était venue chercher.

Au mois d'août, ils retrouvèrent Marc et Hugo. Martin appréhendait les retrouvailles, mais tout se passa plutôt bien. Son beau-père prit le temps de s'excuser à nouveau, mettant son attitude sur le compte du stress et du manque de lucidité. Pour sceller la réconciliation, il lui offrit même un mini-lecteur DVD portatif pour qu'il puisse continuer à voir des films pendant l'été. Jeanne et Marc avaient loué une belle maison dans le Luberon. En arrivant sur place, ils furent émerveillés par le charme du lieu et le grand jardin. On pouvait vaincre la chaleur en se précipitant au bord de la rivière toute proche. Les garçons construisirent même une sorte de radeau qui leur permettait de dériver dans la fraîcheur. Pendant ce temps-là, les adultes faisaient l'amour dans leur chambre sous une moustiquaire bricolée. Les vacances passèrent ainsi, dans un rythme indolore et lent. Le soir, ils s'allongeaient dans l'herbe pour observer les étoiles ; chacun se laissait aller à ses rêveries. Martin avait vécu un été d'apaisement, et même s'il souffrait régulièrement, il pensa pour la première fois qu'il pourrait trouver un jour ou l'autre le bonheur. Il avait envie d'y croire. Par ailleurs, aucun film n'était annoncé prochainement, et on parlait de juillet 2005 pour la sortie du livre *Harry Potter et le Prince de Sang-Mêlé*. Cela lui laissait le temps de respirer.

24

À la fin du mois d'août, quelques jours avant la rentrée scolaire, Marc proposa de faire un dernier barbecue, sur leur balcon cette fois-ci. Jeanne trouva l'idée *magnifique*. Elle surjouait souvent son enthousiasme pour susciter celui de son fils. Mais Hugo et Martin furent enchantés de cette idée, qui prolongeait encore un peu le goût des vacances. Jeanne prépara une salade grecque en hommage à leur début d'été. L'installation était sophistiquée, avec un barbecue à deux étages.

Les côtelettes d'agneau au-dessus, les pommes de terre en dessous. Il manquait la nuit étoilée et les cigales, mais le moment s'annonçait tout de même très agréable.

« Venez manger, ça va être prêt ! » cria Marc comme si le fait d'élever la voix lui conférait d'office le statut de cuisinier compétent. Les adolescents accoururent vers le balcon, tandis que Jeanne installait les condiments sur un plateau. C'est alors que Marc s'adressa à Martin :

« Heureusement que tu avais de l'aluminium dans ta chambre.

— …

— J'avais complètement oublié d'en acheter, et je n'aurais pas pu cuire les pommes de terre, sinon… »

Il connaissait naturellement la valeur affective de ces papiers. Deux mois plus tôt, juste après l'épisode de la dispute entre les garçons, Jeanne lui avait raconté ce qu'elle venait de découvrir : « C'est tellement mignon… Martin a gardé un souvenir de tous les sandwichs que lui préparait son père… » Marc avait feint une certaine émotion et renchéri sur la belle sensibilité de l'enfant. Il ne pouvait pas avoir oublié. Et puis la façon avec laquelle il avait annoncé l'acte malveillant ne laissait pas de place au doute. Il avait attendu que Jeanne ait le dos tourné. En voyant brûler ses souvenirs, Martin se mit à suffoquer. Les vestiges de l'amour paternel. Il ne pouvait pas bouger tant sa souffrance était intense. L'attaque avait été d'autant plus violente qu'il avait baissé la garde, ces derniers temps. Et voilà que la haine ressurgissait subitement, le saisissant brutalement par la nuque. Il aurait voulu réagir : « Mais pourquoi ? Pourquoi avoir fait ça ? » Existait-il seulement une justification à cette barbarie ? Après le livre offert à Noël, l'insulte à la mémoire de son père, il vivait à présent le saccage de ce qu'il avait de plus cher au monde. Il regardait l'aluminium brûler comme si c'était son propre corps qui se consumait.

Soudain, Martin s'empara de la broche et la planta dans le bras de Marc. Ce dernier hurla de douleur. Jeanne accourut et se précipita sur le blessé dont le sang coulait abondamment ; la plaie était béante. Marc se rua vers la salle de bains pour faire un garrot et arrêter l'hémorragie, tout en vociférant : « Il est complètement fou ! » Hugo, en état de choc, suivit son père. Après un temps de stupéfaction, Jeanne reprit ses esprits. À genoux devant son fils prostré, elle hoqueta : « Mais qu'est-ce que tu as fait ? Qu'est-ce que tu as fait ? » Elle répéta inlassablement cette phrase, comme si seule une accumulation verbale pouvait rendre intelligible ce qui venait de se produire. Mais son fils ne répondait pas, il semblait possédé. Elle finit par lui mettre une claque, elle avait toujours vu ça dans les films, ce geste pour faire revenir à la réalité. Mais cela ne changea rien. Au contraire, il se jeta au sol et se roula par terre comme pris de démence.

Marc prit un taxi pour l'hôpital avec son fils. Au vu des événements, il n'avait pas songé à éteindre le barbecue. Une odeur de brûlé envahissait maintenant la pièce ; c'était suffocant. Jeanne était perdue. Son fils ne revenait pas à lui. Il marmonnait à présent des mots incompréhensibles. Prise de panique, elle finit par se résoudre à appeler le SAMU. Une piqûre ou des calmants le soulageraient sûrement. Une vingtaine de minutes plus tard, deux pompiers pénétrèrent dans l'appartement. Quand il les aperçut, la confusion de Martin s'accentua. Il revivait la chute de son père dans l'épicerie. Quand deux pompiers arrivaient, c'était qu'on allait mourir. La souffrance le plongeait dans un état d'hébétude, sans même lui offrir le soulagement de l'inconscience. Il était lucide, bien trop lucide pour vouloir survivre à tout ça. Quand ils s'approchèrent de lui, il se débattit. Il n'y avait aucune autre solution ; il fallait l'emmener.

Jeanne tenait la main de son fils dans l'ambulance. Elle observait ses yeux sans les reconnaître. On se dirigeait vers les urgences psychiatriques. Pendant le trajet, après qu'on lui eut fait une injection, Martin s'assoupit. En cette fin de mois d'août, il n'y avait pas de circulation. Quelques minutes suffirent pour rejoindre la Pitié-Salpêtrière. Allongé sur un brancard, Martin fut transporté vers l'accueil. À ses côtés, sa mère marchait comme un automate. Avant de passer la porte, l'adolescent ouvrit enfin les yeux, juste à temps pour lire l'inscription :

HÔPITAL PSYCHIATRIQUE

Voyant flou, il ne perçut que les capitales ; celles-là mêmes qui résument habituellement cette destination :

H P

Voilà ce qu'il vit : HP.
Encore un ultime signe.
HP, pour lui, c'était forcément :

HARRY POTTER

TROISIÈME PARTIE

1

Compte tenu de la gravité de son état psychique, l'interne de garde lui avait trouvé un lit dans l'unité Simon. Martin se retrouvait avec une douzaine d'adolescents, dans un centre fermé. Il avait blessé Marc au bras, mais il aurait tout aussi bien pu le toucher à l'abdomen ou au poumon. En état de choc, Jeanne éprouvait en outre la douleur de ne pas pouvoir voir son fils, les visites n'étant pas autorisées dans un premier temps. Au bout de deux jours, elle fut enfin reçue par la docteure Namouzian, l'une des responsables du service. Sur le badge épinglé à sa blouse, on pouvait lire son prénom : Nathalie. Jeanne s'accrocha à ce prénom comme au premier signe d'humanité qu'elle croisait ici depuis quarante-huit heures.

L'entretien entre les deux femmes dura un long moment, en dépit de la fatigue de Jeanne. Cette dernière évoqua le traumatisme lié à la mort de John, et le sentiment d'échec qui ne quittait plus son fils depuis un casting douloureux. La psychologue écoutait avec compassion le récit de cette mère perdue. Elle avait l'habitude de ces moments-là. Elle nota *Harry Potter* sur son cahier. Ce nom lui disait quelque chose, bien sûr, mais sans plus. Elle était plus Rohmer que Potter. Il était donc possible de vivre à l'abri du phénomène. Son premier sentiment était simple : peu importaient les causes et les conditions d'un rejet, il ne fallait jamais le minimiser. Elle savait parfaitement qu'on pouvait mourir de n'être pas désiré, valorisé, choisi. Jeanne se sentit envahie par l'émotion ; elle était écoutée et soutenue. Mais elle ne possédait toujours aucun élément lui permettant de comprendre le geste de son fils.

« Quelles sont les relations entre Martin et son beau-père ? demanda naturellement la psychologue.

— Elles sont très bonnes. Nous venons de passer des vacances merveilleuses…

— Y a-t-il déjà eu des signes de tension entre eux ?

— Non, jamais.

— Comment votre compagnon a-t-il compris l'agression dont il a été victime ?

— … »

*

Au retour de l'hôpital, deux jours auparavant, Marc était rentré avec le bras bandé. La blessure avait provoqué une perte de sang importante, mais elle demeurait superficielle. Aucun nerf n'avait été touché. C'était la seule note positive du concert. Jeanne avait à nouveau interrogé Marc sur les circonstances du drame, mais il paraissait tout aussi perdu qu'elle :

« Franchement, c'est incompréhensible. Il s'est précipité vers moi d'un coup…

— Il y a forcément une raison. On ne peut pas agir comme ça.

— Il faut croire que si.

— Et Hugo, il n'aurait pas dit quelque chose ?

— Non, il était tranquille dans son coin. Je suis sous le choc aussi. On aurait dit quelqu'un d'autre, subitement…

— …

— Tu sais, je ne voulais pas te le dire avant, mais…

— Quoi ?

— Je crois que ça le rend un peu fou, cette histoire de *Harry Potter*.

— Martin n'est pas fou. Ne dis pas ça.

— Oui, enfin… Il a refusé d'aller à l'école au moment de la sortie du film. Ça te paraît normal, à toi ?

— …

— Je te dis juste qu'il a un comportement de plus en plus étrange.

— Mais tu m'as toujours dit que tu le trouvais sensible… C'était positif, non ?

— Oui, bien sûr. Mais… je pense surtout qu'il vit dans son monde. Il ne distingue pas toujours la réalité. Enfin, regarde mon bras…

— Je sais… Je sais…
— Ça va aller. Il a juste besoin d'être soigné…
— …
— Je lui expliquerai que je ne lui en veux pas.
— Merci. Merci d'être là… » dit Jeanne tout bas, en se lovant contre l'homme qu'elle aimait.

*

Jeanne relata cette conversation, et le point de vue de Marc. Instinctivement, Nathalie Namouzian sentit que la femme qui lui faisait face ne disposait pas de tous les éléments. Elle s'était souvent retrouvée, dans le cadre de familles recomposées, avec des enfants hâtivement déclarés instables par un beau-parent. Martin n'avait aucun antécédent psychiatrique. Son acte de violence pouvait avoir un lien avec une situation précise. Même si l'adolescent avait été admis au sein de l'unité dans un état préoccupant, rien ne permettait d'établir pour le moment un quelconque dysfonctionnement psychique.

« Quand vais-je pouvoir voir mon fils ? s'inquiéta Jeanne.
— Dans quelques jours.
— Je ne savais pas qu'on pouvait empêcher une mère…
— C'est la procédure. Il faut couper le patient de son environnement familial.
— Mais il a besoin de moi…
— Je n'en doute pas un instant. Pour être honnête, vous avez tous les droits sur votre enfant.

Vous pouvez même signer une décharge et repartir avec lui. Mais, au vu des éléments dont je dispose, je vous le déconseille fortement.

— …

— En l'état actuel des choses, je pense même que Martin pourrait retourner cette violence contre lui.

— Vous voulez dire…

— Juste qu'il est en sécurité ici.

— … »

Jeanne avait envie de faire confiance à cette femme. Elle avait foi en sa clairvoyance. Ce n'était pourtant pas une décision simple à prendre. La situation la bousculait au plus haut point. À cet instant, un râle se fit entendre dans le couloir, et elle songea : « Mon fils est chez les fous. » La docteure lui proposa de prendre le temps qu'elle voulait pour réfléchir, et l'installa dans un bureau vide. La menace d'un possible suicide de Martin la hantait. Quinze ans auparavant, elle avait accouché à Londres et sa vie paraissait tracée pour le bonheur. Aujourd'hui, John n'était plus là, et son fils dormait dans un centre fermé, shooté aux calmants. Elle finit par choisir de le laisser ici, et signa les papiers validant l'enfermement.

2

Voldemort avait éliminé les parents de Harry Potter, sans parvenir à tuer leur enfant. Il l'avait simplement marqué d'un éclair indélébile sur le front. Ce signe distinctif indiquait forcément un rendez-vous pour l'avenir ; la possibilité d'une ultime lutte.

Martin avait attaqué son bourreau, mais c'est lui qui avait perdu. Il était maintenant seul dans une chambre, sans le moindre contact avec l'extérieur. Les forces du mal continuaient de détruire sa vie. Pendant une longue partie de sa première nuit ici, le réel et la fiction avaient continué de se mêler dans son esprit. Peu habitué aux médicaments, il s'était perdu dans le dédale d'une fièvre mentale. Mais, dès le lendemain matin, il avait été en mesure de rassembler ses pensées. Il n'éprouvait aucun regret. C'était plutôt un sentiment de libération qui l'envahissait. Jamais il n'avait été traversé par une telle rage. Tout serait différent à présent. Peu importaient les conséquences, il ne vivrait plus jamais avec cet homme. Et il aurait désormais la force de parler à sa mère, de lui révéler le harcèlement dont il avait été victime. Armé d'une nouvelle énergie, il était certain de pouvoir en finir avec le silence et la peur.

Dans cet élan positif, qui prenait l'allure d'une nouvelle peau, il se mit à espérer pouvoir vivre un jour sans être hanté par son échec. Il avait raison d'y croire : une solution existait quelque part. Il lui faudrait encore du temps, mais il allait la trouver ; et elle serait pour le moins inattendue.

3

Il passa quelques journées dans l'unité de soins sans recevoir de visites. Il marchait dans le parc, se sentait protégé dans cet environnement. Le soir, les calmants l'abrutissaient. Mais on diminua rapidement les doses. Dès son premier rendez-vous avec la psychiatre, Martin raconta très clairement ce qu'il avait fait. S'il ne voulait pas énoncer le moindre regret, il admit la violence de son acte. Ce retour rapide au réel avait été accentué par son observation des autres adolescents. À l'évidence, il n'avait pas sa place ici. Certains avaient tenté de se suicider, d'autres se scarifiaient. On errait dans la version brutale de l'appréhension de vivre. Pourtant, il régnait une grande douceur dans les échanges. Certaines conversations offraient comme une poésie de la fêlure. Et le personnel était bienveillant. La nuit, deux hommes au fort accent polonais étaient chargés de la surveillance des patients. À toute heure on pouvait aller les voir pour un verre d'eau ou une question existentielle ; ils tentaient toujours de trouver une réponse aux incertitudes nocturnes.

Enfin, Martin retrouva sa mère. Comme il se l'était promis, il lui révéla tout dès leur première promenade dans le parc. Plusieurs fois, elle tenta de l'interrompre en demandant : « Mais pourquoi tu ne m'as rien dit avant ? Pourquoi ? » Il voulait d'abord aller au bout de son long récit. Il avait besoin d'exprimer chaque recoin de son ressenti, de libérer totalement ce qu'il avait retenu en lui. Jeanne dut s'asseoir sur un banc, sonnée par la confession. Avant même la colère, son sentiment initial fut la culpabilité. Comment avait-elle pu ne rien voir, laisser ainsi souffrir son fils ? C'est Martin qui finit par la rassurer. Et ils s'enlacèrent, comme pour pallier par le corps l'impossibilité de prononcer certains mots.

Martin retourna alors dans sa chambre. Au moment de quitter l'établissement, Jeanne se sentit sur le point de défaillir. Elle entra alors dans un bureau, le même que celui où elle avait dû prendre une décision quelques jours auparavant. L'histoire se répétait. Elle aurait pu se précipiter sur le lieu de travail de Marc pour l'invectiver, le frapper, lui demander des comptes. Mais elle ne voulait pas entendre ses explications. Chaque mot qu'il pourrait prononcer la dégoûtait par avance. Paradoxalement, sa colère était bien trop puissante pour pouvoir s'incarner dans une confrontation. Il fallait agir tout de suite, appeler un déménageur et fuir immédiatement. Depuis qu'elle était revenue en France, elle n'avait habité que des meublés. En moins d'une heure, on pouvait tout emporter. Oui voilà, c'était ça qu'il fallait faire. Fuir, fuir tout de suite. Ce soir, il rentrerait dans un appartement vide. Elle dormirait chez une amie le temps de trouver une nouvelle location. Marc allait forcément la harceler d'appels téléphoniques et de messages ; elle ne répondrait pas. Avant de se coucher, elle irait prendre une douche chaude qui durerait longtemps. Elle se laverait, se laverait encore ; voilà, c'était cette image qu'elle avait sous les yeux maintenant, toujours dans ce bureau vide de l'hôpital, celle de son corps sous l'eau.

4

Marc débarqua le lendemain matin dans les locaux du *Point*. Jeanne descendit à l'accueil, et lui expliqua que s'il s'avisait de revenir, elle porterait plainte. Faisant mine de ne pas comprendre, il tenta de l'amadouer. Se retrouvant face à un mur, il finit par hurler : « Mais qu'est-ce qu'il t'a dit, à la fin ? Tu me dois au moins une explication ! » Devant le silence de Jeanne, il enchaîna : « Mais comment peux-tu le croire ? Tu sais très bien qu'il ne va pas bien… Il veut nous séparer… » Elle se retourna alors, et martela en le fusillant du regard : « Ne t'avise plus jamais de parler de mon fils. Plus jamais. » À son tour, il resta bouche bée, puis balbutia : « Mais je ne savais pas, pour l'aluminium… Enfin j'avais oublié… tu dois me croire… mon amour… » Alors qu'elle se dirigeait déjà vers l'ascenseur, il la saisit violemment par le bras : « Tu dois me croire ! » Le vigile accourut pour maîtriser l'agresseur, et le pousser vers la sortie. Juste au moment de passer le portillon, il cria un « Je t'aime ! » pathétique. Jeanne avait honte, tellement honte. Elle remercia l'employé de la sécurité, mais demeura encore un instant à observer Marc à travers la baie vitrée ; il s'éloignait, devenait un point, puis un tout petit point. Voilà, il avait disparu. Elle ne le voyait plus ; pour le moment tout du moins.

Une fois assise dans son bureau, elle pensa : heureusement que je n'ai pas fait d'enfant avec lui. Chaque soir, ils faisaient l'amour, elle sentait son corps contre le sien, son corps de mensonge. Cela lui donnerait la nausée pour longtemps. Une de ses collègues, qui avait eu vent de la scène dans le hall, passa la tête pour savoir si tout allait bien. Jeanne esquissa un sourire de façade, avant de fermer à clé la porte de son bureau. Elle ne pourrait plus supporter le moindre regard aujourd'hui.

5

Trois jours plus tard, Martin quittait l'hôpital. Jeanne dit simplement à son fils qu'il n'aurait plus jamais affaire à Marc. Elle ne raconta pas les détails de la scène du hall ; il fallait le bannir dès à présent de la narration de leurs vies. Jeanne avait trouvé en vingt-quatre heures un deux-pièces tout juste libéré par une grand-mère partie en maison de retraite. Ils se retrouvèrent ainsi dans un décor qui semblait perdu dans les années 1970, et dînèrent dans la cuisine sur une improbable toile cirée marron et orange. Depuis le salon, on entendait une horloge marquer le temps avec brutalité, véritable dictature sur les secondes. Dans cette échappée hors de toute modernité, la paix semblait à nouveau possible.

Ils retrouvèrent leur relation fusionnelle à deux, se protégeant mutuellement. Bien sûr, certains moments demeuraient difficiles ; on ne sortait pas indemne d'une telle histoire. Jeanne évitait de raconter que Marc continuait de l'abreuver de messages, alternant déni et confession. Et Martin oubliait d'évoquer ses cauchemars et réveils nocturnes. Pour s'éloigner de ce contexte parfois difficile, ils partirent en week-end à Londres, sur les traces de leur passé. Face à la tombe de John, les souvenirs remontèrent à la surface, tout en beauté et douceur. Ils eurent même l'occasion de prendre un verre avec Rose, qui avait les cheveux orange, cette fois-ci. Elle annonça son mariage prochain ; ce serait sûrement une occasion de revenir en Angleterre. Alors que Martin avait souvent associé sa baby-sitter à son drame, il ne revisitait à présent que les bons moments. À vrai dire, il pensait un peu moins à *Harry Potter*. Les événements récents avaient, en quelque sorte, détourné son attention. Il finit donc par se demander : « Dois-je traverser de plus grandes douleurs encore pour ne plus me focaliser sur ce qui me fait tant souffrir ? » En émettant cette supposition, il avait comme un léger sourire, un soupçon d'humour anglais.

6

Vers la fin du mois d'octobre, Jeanne fut contactée par un journaliste britannique qui avait pour projet d'écrire un livre sur la genèse de l'aventure *Harry Potter*. Cela allait des premiers mots écrits par J. K. Rowling jusqu'au tournage du film. Peter Taylor, tel était son nom, s'était ainsi penché sur l'histoire du casting et avait recherché cet *autre garçon* évoqué par Janet Hirshenson. Grâce à une fiche de renseignements où était indiqué le nom de ses parents, le journaliste avait retrouvé la trace de Jeanne. « Mon fils ne veut pas en parler… » avait-elle immédiatement répondu. Très insistant, il avait tout de même proposé de venir la rencontrer à Paris.

Après avoir hésité par crainte de rouvrir la plaie, Jeanne avait finalement fait part de cette conversation à son fils. Martin confirma qu'il ne voulait pas évoquer cette histoire avec quiconque. Mais sa mère émit une nouvelle hypothèse :

« Peut-être que cela te ferait du bien de parler.

— …

— Et surtout… cela te donnerait une place dans toute cette histoire.

— Une place ? Mais je ne veux pas qu'on pense à moi comme au raté de l'histoire…

— Tu n'as pas échoué. Ils ont juste choisi quelqu'un d'autre.

— Peu importe, je ne veux pas être cité.

— Pardon, c'était juste une idée comme ça.

— Je sais maman. Mais ça me rend malade de ne pas réussir à passer à autre chose. Je pourrais te dire que je suis jaloux, mais c'est beaucoup plus que ça.

— C'est quoi ?

— …

— Dis-moi.

— Parfois je me dis qu'on m'a volé ma vie. »

Jeanne trouva cette phrase terriblement violente. Elle tenta de faire admettre à son fils qu'il était excessif. Jamais auparavant il n'avait exprimé ainsi, de manière si frontale, son ressenti. Comment vivre avec l'idée qu'une autre personne a pris notre place ? Le sentiment de traverser l'existence en étant assis sur un strapontin. Martin finit par atténuer son propos, mais il était hors de question de rencontrer le journaliste. Jeanne demanderait à ce dernier de respecter le désir d'anonymat de son fils. Dans le livre, il apparaîtrait comme *l'autre garçon* ou *celui qui a failli être Harry Potter.* Il demeurerait entre les lignes.

7

Jeanne avait décidé de ne plus tenter de convaincre son fils de parler. Au contraire, elle suivrait ses recommandations et éviterait dorénavant d'aborder le sujet maudit. D'une manière générale, elle maîtrisait parfaitement cet art de l'esquive. Et il allait de soi qu'elle ne passait plus le balai.

Le chemin de l'apaisement serait encore long. Martin menait néanmoins une scolarité à peu près normale, même s'il avait commencé cette année avec un mois de retard. Fidèle à son souhait de se protéger, il évitait toujours de nouer des liens. N'étant jamais invité nulle part le week-end, il passait la plus grande partie de son temps à regarder des films, au point qu'il devenait un cinéphile plutôt averti. Parfois, Jeanne entrouvrait la porte de sa chambre et le regardait vivre, dans sa bulle. Tout comme son père, rien ne semblait l'apaiser davantage que ces sortes de conversations avec lui-même. Pour rompre la solitude de son fils, il lui arrivait d'organiser des dîners. Jeanne ne pouvait pas donner clairement à ses hôtes la consigne : « Surtout, ne parlez pas de *Harry Potter* ! » Alors, elle conviait plutôt des politologues poussiéreux, avec qui l'on pourrait deviser de la Birmanie ou de l'Ukraine en toute tranquillité. Bref, pour divertir son fils, elle fomentait des soirées mortelles. Cela dit, chacun était épaté par la culture de Martin ; il s'exprimait avec une grande aisance sur les enjeux géopolitiques de notre époque. Sans savoir qu'il se vivait comme condamné par son passé, on lui prédisait un grand avenir.

Ces prédictions se révélèrent justes. L'année suivante, il obtint son baccalauréat avec la mention très bien. Pourtant, les semaines qui avaient précédé l'examen avaient été particulièrement stressantes. Il avait eu vent de sujets de philosophie en lien avec *Harry Potter*. Dans certaines académies, il était arrivé qu'on demande aux étudiants de plancher sur la question : « J. K. Rowling est-elle sartrienne ? » Cette interrogation était accompagnée d'un texte évoquant le Choixpeau magique utilisé lors de la cérémonie qui attribue à chaque élève de Poudlard sa section. Cette dimension du hasard dans nos choix serait-elle une allusion à la célèbre pensée du philosophe : *l'existence précède l'essence* ? Tomber sur un tel sujet aurait été fatal pour Martin. À tout moment, même quand il s'y attendait le moins, il pouvait être victime d'une attaque de *Harry Potter*. Il fut soulagé en découvrant son sujet : « Avons-nous besoin d'autrui pour avoir conscience de nous-mêmes ? »

Le soir des résultats, ils fêtèrent la bonne nouvelle au champagne. Ils n'étaient que tous les deux, mais cela suffisait à leur joie. Jusqu'ici, Martin avait repoussé les interrogations à propos de son avenir. Il disait toujours à sa mère de ne pas s'inquiéter, qu'il trouverait son chemin. Plusieurs semaines auparavant, il avait dû remplir un dossier d'orientation, et s'était inscrit en faculté de lettres et d'histoire. Mais il savait très bien, au fond de lui, qu'il entendait toujours éviter au maximum les interactions. Les deux dernières années de lycée avaient été éprouvantes. La question demeurait donc en suspens. Qu'allait-il faire de sa vie ?

8

Cet été-là, ils retournèrent en Grèce ; c'était devenu leur rituel. Ce mois d'août fut particulièrement suffocant. Les températures dépassaient régulièrement les quarante degrés. Pire, la sécheresse avait provoqué plus de trois mille feux de forêt. On n'avait jamais vu ça. Toutes les nations européennes envoyaient des Canadair pour soutenir les pompiers grecs. De leur hôtel, perché en haut d'une colline à l'extérieur d'Athènes, Martin et Jeanne observaient les brasiers environnants. Il y avait quelque chose d'effrayant à l'idée d'être ainsi émerveillé par un drame.

Ils prirent alors le bateau pour rejoindre Santorin. Après une journée passée à faire de la plongée sous-marine, Martin se demanda s'il ne devrait pas s'orienter dans cette voie. Comme Kostas, qui l'avait initié à cette pratique, il pourrait devenir moniteur et passer des heures ainsi dans les profondeurs. Quoi de mieux pour un phobique du contemporain ? Sous l'eau, personne ne viendrait lui parler de *Harry Potter*. Mais avait-il vraiment envie d'y consacrer sa vie ? Non. Cela demeurait un plaisir, une évasion féerique de quelques heures, mais certainement pas un métier. Alors quoi d'autre ? En repensant à *Baisers volés* de François Truffaut, il se dit que veilleur de nuit dans un hôtel pouvait être une option. Vivre la nuit avait un avantage : la plupart des humains dormaient. Pendant toutes les vacances, il continua ainsi à passer en revue les emplois présentant un faible risque de rencontres, mais c'est pendant le vol de retour vers la France qu'il fut subitement frappé par une évidence.

9

Animal blessé par l'hégémonie d'une saga mondiale, Martin avait trouvé l'endroit idéal où se terrer. Les sculptures antiques ou les toiles classiques seraient son nouveau territoire. Le Louvre était l'eldorado d'un monde sans *Harry Potter*.

Gardien de musée, c'était ça qu'il devait faire. Se retrouver dans un endroit qui respire le passé, et où personne ne vient jamais vous parler. Il avait suffi d'un CV envoyé par courriel pour obtenir un rendez-vous. Jacqueline Janin, en charge du recrutement, embauchait de nombreux étudiants. Elle avait reçu Martin un matin dans son bureau relativement étroit. Elle parlait d'une voix basse et elle devait être du genre à s'excuser souvent. Ayant fait toute sa carrière au Louvre (certains la surnommaient Belphégor), elle avait l'habitude de voir défiler toutes sortes de candidats, mais le profil de Martin lui parut aussitôt atypique :

« Je ne comprends pas. Avec vos résultats au bac, pourquoi n'envisagez-vous pas de poursuivre vos études ?

— J'ai le sentiment que ma place est ici.

— Rien ne vous empêche de faire les deux. Gardien de salle, ce n'est pas forcément une occupation stimulante. Surtout au Louvre, il y a beaucoup de monde, ce n'est pas facile.

— …

— Nous pourrons toujours aménager plus tard vos horaires, si jamais vous changez d'avis.

— Merci.

— En tout cas, si je peux me permettre un conseil, dites que vous écrivez un roman.

— Pardon ?

— Les gens sont toujours un peu curieux. Ils vont vous poser des questions, car vous ne rentrez visiblement dans aucune case. Alors dites que vous écrivez un roman, ça passe toujours. C'est l'alibi parfait en toute circonstance. »

Ils se quittèrent sur ce conseil plutôt curieux. Martin avait trouvé cette femme très bienveillante à son égard ; il comprendrait plus tard pourquoi. Pour le moment, il allait devenir un fonctionnaire de la chaise. Les débutants, on les mettait en général dans un couloir à courant d'air, parfois à côté des toilettes. Cela ne dérangea pas Martin de passer ses premières journées dans l'endroit le moins excitant du musée. Plus on était bien noté par la hiérarchie, plus on avançait vers *La Joconde*. On remarqua assez vite le sérieux du nouvel employé, alors on l'affecta aux salles égyptiennes. Certes, Martin était encore placé dans un coin mais, en se contorsionnant, en s'asseyant au bout de sa chaise, il était en mesure d'apercevoir l'ombre d'une momie ou une amphore. À nouveau, on louerait son professionnalisme, et on le changerait de chaise pour l'installer de manière plus pérenne devant un tissu venu tout droit du sarcophage de Toutânkhamon.

*

Un jour, lors d'une pause, il fit un tour pour rendre visite à Monna Lisa. Comme prévu, autour du tableau le plus célèbre du monde, c'était l'effervescence. En observant ce spectacle, Martin pensa : « *La Joconde,* c'est le *Harry Potter* de la peinture. » Autour de ce minuscule cadre, plus rien n'existait. Son regard balaya alors les autres œuvres de la salle des États. Pour les visiteurs présents, elles étaient invisibles. Martin s'identifia à elles : lui aussi avait été tout proche du rêve avant d'être plongé dans l'anonymat. Son destin était celui d'un tableau accroché à côté de *La Joconde.* Il s'approcha de l'un d'entre eux : *Portrait de Thomas Stahel*, de Pâris Bordone (1500-1571), une huile sur toile du XVIe siècle. Le peintre lui était inconnu, et Martin ne trouva aucune information sur ce Thomas Stahel, lorsqu'il en chercha par la suite. Bouleversé par cette œuvre que personne ne regardait, il ressentit une connexion émotionnelle avec ce Thomas Stahel.

*

Si le Louvre était un refuge, il y avait néanmoins des moments complexes. Il arrivait que Martin repère, au loin, un adolescent en tee-shirt *Harry Potter*. Le merchandising, c'était la plaie. Outre les vêtements à l'effigie du sorcier, Martin avait par exemple peur que le McDonald's sur son trajet propose subitement un menu Quidditch ou que le Zara de son quartier lance une collection aux couleurs de Poudlard. À tout moment, J. K. pouvait surgir.

10

Jeanne regrettait que son fils ne poursuive pas ses études, mais c'était son choix. Il était majeur à présent. Et rien ne l'empêcherait plus tard de changer d'avis. En tout cas, c'était une nouvelle étape dans leur histoire. Maintenant que Martin allait travailler, sa mère pensa : « Il est temps de partir. » Jeanne estimait parfois qu'elle protégeait trop son enfant, et que son attitude l'avait peut-être encouragé à se complaire dans sa névrose. Mais qu'aurait-elle pu faire différemment ? Elle avait simplement cherché à l'aider à vivre, malgré son handicap social. Il fallait admettre que le résultat n'était pas probant. Il se reposait sur elle, et le quotidien demeurait compliqué. Alors oui, le laisser était une option. Martin serait contraint de vivre de manière autonome, et il parviendrait peut-être ainsi à davantage se libérer de ses peurs.

Depuis plusieurs mois déjà, on proposait à Jeanne de devenir la correspondante du *Point* à Washington. La situation politique aux États-Unis était excitante. Une voix absolument inattendue venait d'émerger. Un outsider charismatique avait annoncé sa candidature à l'investiture démocrate le 10 février, et ne cessait depuis de grignoter son retard sur Hillary Clinton. Pour beaucoup, il commençait à susciter la fièvre d'une immense espérance. Il n'y avait plus de doute, il fallait suivre cet homme, il fallait suivre Barack Obama.

Les choses se firent rapidement ; ils rendirent l'appartement, et Martin trouva une chambre de bonne. Il avait assez peu d'affaires ; des livres, des films, des vêtements. Une vie matérielle vite résumée. Et c'était pareil pour Jeanne. Elle envoya quelques cartons de l'autre côté de l'Atlantique, en éclaireurs. Le départ était imminent ; ils avaient d'abord évoqué les détails pratiques de ce bouleversement avec légèreté, comme si la dimension concrète n'adviendrait jamais. Mais il faut parfois croire à la réalité de nos mots. Le jour du départ, Martin accompagna sa mère à l'aéroport.

« Tu sais que si tu as un problème, tu m'appelles et je reviens tout de suite, dit Jeanne avant de passer la douane.

— Oui maman, je sais. Tu me l'as déjà dit.

— D'accord, d'accord.

— Bon, vas-y. Tu vas finir par louper ton avion.

— J'y vais, mon chéri. Tu vas tellement me manquer.

— Toi aussi, maman.

— Je t'appelle dès que j'arrive.

— Oui.

— Ah non, ça sera la nuit pour toi. Je n'ai pas envie de te réveiller.

— Très bien, on s'appellera plus tard alors.

— J'attendrai plutôt que ce soit le matin pour toi… Mais c'est vrai que ça risque alors de faire tard pour moi…

— Maman ! Tu vas vraiment le louper…

— J'y vais, c'est bon.

— Je t'aime.

— Moi aussi, je t'aime. »

Ils s'étreignirent un long moment. Puis Jeanne franchit la douane. Sur le chemin de la porte d'embarquement, elle ne cessait de se retourner. Encore et encore, ils s'adressaient des signes d'au revoir. Juste avant de perdre Martin de vue,

Jeanne pensa qu'il ressemblait vraiment à son père.

11

À l'autre bout de la salle dans laquelle Martin était assis, une collègue d'une vingtaine d'années lui lançait de temps en temps des regards. Cette jeune fille avait visiblement les mêmes horaires que lui. Peu habitué aux échanges, c'est le moins qu'on puisse dire, Martin détournait la tête. Une attitude qu'elle finit par trouver touchante. Elle imaginait un grand timide à la vie intérieure trépidante. Mathilde, tel était son prénom, finit par s'approcher et lui demanda simplement s'il se plaisait ici. Il lui fallut de longues et surprenantes secondes pour trouver une réponse à cette question anodine. Non seulement il ne possédait plus vraiment le mode d'emploi d'une simple conversation, mais un autre point doit être précisé : il la trouvait charmante. Tant de fois, perdu dans le royaume de sa solitude, il avait rêvé de rencontrer une fille qui l'aimerait et le comprendrait. Pour l'instant, c'était assez mal engagé, car il n'osait toujours pas la regarder. Comme elle lui en fit la remarque, il finit par lever la tête, au prix d'un certain effort. Elle était debout devant lui, d'une proximité effrayante.

À partir de ce moment-là, elle vint le voir très souvent. Progressivement, ils apprirent à se connaître. Mathilde venait de Bretagne, et semblait très fière de cette origine. Étudiante aux Beaux-Arts, elle travaillait au musée pour financer sa vie parisienne. Un jour, elle avait évoqué son adoration pour Camille Claudel. Elle s'était lancée dans un long monologue fiévreux et pétri d'admiration à propos d'Isabelle Adjani, qui avait incarné la sculptrice au cinéma. Leurs conversations commençaient ainsi à prendre corps. En apprenant que Martin ne poursuivait pas d'études en parallèle de cet emploi de gardien, Mathilde s'interrogea. Ne sachant que dire, il finit par balbutier : « Je suis en train d'écrire un roman. » Effectivement, l'efficacité de cette réponse était redoutable. Elle comprendrait ainsi pleinement son choix et la question serait réglée. Seul bémol, Mathilde voulut en savoir plus sur ce projet. Ainsi, il fut contraint de se lancer dans l'écriture d'une sorte de roman pour être en mesure d'évoquer le roman qu'il n'écrivait pas. Une chose était certaine, bien plus encore que la littérature, elle lui plaisait de plus en plus. Pourquoi avait-il ainsi vécu à l'écart de la beauté ? Pour se protéger, d'accord. Mais, à présent, Martin préférait souffrir avec cette fille plutôt que de continuer à vivre dans une solitude indolore.

À vrai dire, cette rencontre fit beaucoup de bien à Martin. En se sentant apprécié par Mathilde, il commença à développer la meilleure version de lui-même. C'était un jeune homme drôle, avec beaucoup de charme, et une réelle culture.

Lors d'une promenade, un soir, ils finirent par s'embrasser. Martin emporta ce baiser dans sa chambre de bonne ; chambre qu'il jugea bien trop petite pour ce qu'il venait de vivre. Le lendemain, ils décidèrent de passer le samedi soir ensemble. Ils feraient probablement l'amour. Martin était angoissé, forcément, c'était sa première fois. Mathilde avait davantage d'expérience. Elle était restée trois ans avec Loïc, son voisin à Crozon. Mais elle avait préféré rompre au moment de venir à Paris. Elle ne croyait pas aux histoires à distance, avait-elle précisé. La vérité était qu'elle ne pouvait pas faire sa vie avec un garçon qui croyait que Botticelli était une marque de pâtes.

Ils se retrouvèrent donc dans le studio de Mathilde, tout droit sorti d'un catalogue Ikea. Ambiance tamisée, un peu de jazz en fond sonore, ils burent une bière assis sur le rebord du lit en bois. La jeune fille se levait parfois pour fumer à la fenêtre, où les volutes demeuraient un instant immobiles. Au bout d'un moment, s'embrasser devint leur meilleure option de conversation. Le cœur de Martin se mit à battre frénétiquement ; il n'en revenait pas d'être aussi heureux. Mais, au moment précis où ils s'allongèrent sur le lit, il repéra une pile de livres. Comment avait-il fait pour ne pas les remarquer avant ? Cela sautait aux yeux maintenant.

Et.
Oui.

Il vit un exemplaire de *Harry Potter*.
Ce n'était pas possible.

C'était *La Chambre des Secrets*, un titre qui résonnait particulièrement avec ce moment. Martin tenta de maîtriser la montée d'angoisse qui s'emparait de lui, mais il n'y parvint pas. Cette incursion subite, alors qu'il était en train de vivre un si grand bonheur, le déstabilisa complètement. Il finit par opérer un mouvement de recul.

« Ça va ?

— Oui… Oui…

— Tu sais, ça arrive. C'est même normal d'être stressé. Moi aussi, je le suis… » tenta de le rassurer Mathilde.

Rien à faire, son esprit divaguait complètement. Son échec revenait le narguer, le traquer jusque dans les rares recoins de son bonheur. Il voulait chasser ce sentiment, c'était absurde ; il n'y avait rien de plus normal que d'avoir un livre de *Harry Potter* chez soi. Mais non, cela le hantait. Mathilde lui parlait, et ce n'était plus elle qu'il entendait. Les mots de David Heyman résonnaient à nouveau dans sa tête, lui annonçant qu'il n'avait pas été choisi. L'image de son humiliation d'enfant venait brouiller le présent. Encore et toujours. Un immense bourdonnement envahit son cerveau, sa vision se troubla. Il se mit à avoir chaud, tellement chaud. Mathilde voulut l'aider, mais il balbutia qu'il devait partir. « Quoi ? Mais ce n'est pas possible… » soupira-t-elle. Martin ne parvint même pas à lui répondre. Il se leva, et quitta l'appartement.

12

Martin passa toute la journée de dimanche à ruminer. Il n'en revenait pas d'avoir été à ce point déstabilisé. Tout était revenu le hanter, au pire moment, dans une mise en scène perfide. Ce n'est pas possible, cela ne me lâchera jamais, répétait-il sans cesse. Il se sentait honteux d'avoir agi ainsi. Mathilde essaya de le joindre plusieurs fois, en vain. Elle avait besoin d'une explication, quoi de plus normal. Il ne décrochait pas, et demeurait hagard devant le prénom qui s'affichait sur l'écran de son téléphone. Le lendemain matin, Martin guetta son arrivée. Dès qu'il la vit, il s'approcha et s'excusa aussitôt pour son comportement. Il promit de tout lui expliquer, le soir même, si elle acceptait de boire un verre avec lui. Mais elle fit non de la tête. Mathilde aurait pu pardonner son désarroi du samedi soir, mais certainement pas son silence du dimanche. Elle n'avait pas supporté qu'il la laisse ainsi, dans l'incompréhension la plus totale. Quelques jours plus tard, elle décrocha un stage chez un marchand d'art, rue de Verneuil. Elle quitta le Louvre, et ils ne se revirent plus. Martin avait tout gâché.

13

Au téléphone avec sa mère, il n'évoquait que les aspects positifs de sa vie. Oui ça va, oui vraiment maman, tout va très bien. Mais la vérité était bien différente. L'épisode de Mathilde avait été un choc. Il ne voulait plus jamais revivre un tel moment. Certes, l'apparition du symbole de son échec à un instant crucial avait été violente pour lui. Mais il se rendait compte qu'il ne pourrait jamais mener une vie normale en étant réduit à néant pour si peu. Il devait regarder son ennemi en face. Il irait dans une librairie, et achèterait un exemplaire de *Harry Potter.* Il n'en pouvait plus de vivre dans la peur d'être confronté à telle ou telle situation, la peur d'aller à tel ou tel endroit ; il ne supportait plus la géographie abîmée de ses libertés.

Vers dix heures, un samedi matin, il sortit de chez lui. En chemin, il s'arrêta ici ou là, flânerie faussement désinvolte. Enfin, il aperçut la cible : la librairie Galignani, rue de Rivoli. Il y entra, comme si de rien n'était. Il pouvait être fier de cette première étape. En parcourant du regard les livres sur la table des nouveautés, il constata qu'aucun nom ne lui était familier. Il s'était tellement écarté du monde contemporain. À la table suivante, il repéra un roman intitulé *Extension du domaine de la lutte.* Il adora ce titre qui sonnait comme le slogan de son action. Il demeura un instant devant la pile, indécis. Devait-il errer dans la librairie à la recherche du rayon jeunesse ? Ou simplement demander de l'aide ? Il ne savait pas comment procéder. Finalement, une libraire s'avança vers lui : « Est-ce que je peux vous aider ? » Il pensa : « Non, c'est gentil, personne ne peut m'aider… », mais finit par demander l'emplacement des livres de *Harry Potter*. La libraire montra immédiatement le rayon, geste qu'elle devait souvent répéter. Elle ajouta également : « Nous avons aussi les éditions anglaises… » Pourquoi avait-elle dit ça ? Comment pouvait-elle savoir qu'il était bilingue ? Martin devait également travailler sa légère tendance à la paranoïa. La vendeuse avait simplement précisé ce détail par habitude.

Devant la pile de livres, il opta pour le dernier volume paru : *Harry Potter et les Reliques de la Mort*. Il y avait peut-être là comme le symbole d'une résurrection à venir. Son but n'était pas de le lire mais de l'acheter, de le tenir en main, de l'avoir chez lui. Après la panique ressentie chez Mathilde, il avait pensé que la confrontation qu'il s'imposait à présent serait plus difficile. Mais non, il s'en sortait plutôt tranquillement. Il paya sans encombre et sortit de la librairie. La mission était accomplie.

14

Mais la désensibilisation ne pouvait pas s'arrêter là. Le 15 juillet suivant débarquerait sur les écrans *Harry Potter et le Prince de Sang-Mêlé*, sixième volet de la saga. Il lui restait cette étape à franchir : le cinéma. Il était toutefois préférable de s'entraîner, avant de se jeter directement dans la gueule du loup. Si Martin fréquentait parfois les salles d'art et essai, il n'avait pas mis les pieds dans un grand complexe depuis plus de dix ans. Près de chez lui, il y avait l'UGC du Forum des Halles. Dans le hall, un encart immense vantait les mérites du gros succès du moment : *Very Bad Trip*. Martin trouva l'affiche plaisante, et opta donc pour ce film. Une fois installé, il observa la population jeune et joyeuse, autour de lui, qui attendait le début de la projection avec impatience. Il sentit son cœur se serrer, non pas à cause de ce qu'il était en train d'accomplir, mais en constatant à quel point il passait à côté de sa jeunesse. La comparaison avec la vie des autres était douloureuse. Heureusement, la salle fut plongée dans le noir. Ayant complètement oublié qu'il y avait des bandes-annonces avant le film, il passa une quinzaine de minutes dans la plus grande appréhension. Par miracle, aucune image de *Harry Potter* n'apparut. Enfin, le film commença.

La séance, simple mission de repérage, se déroula sans problème. Mais elle fut néanmoins porteuse d'une grande révélation. Dans la première scène du film, les personnages principaux se réveillent dans la suite d'un hôtel de Las Vegas. Ils semblent ne rien comprendre à ce qui les entoure : on y voit un coq se promener, un tigre dans la salle de bains, et un bébé dans le placard. Que s'est-il passé ? Ils n'ont plus le moindre souvenir de ce qu'ils ont fait pendant leur nuit d'ivresse. Une amnésie absolue. Martin songea qu'il y avait peut-être là une solution à son problème. Depuis des années, il tentait d'éviter tout ce qui avait un lien avec *Harry Potter*. Mais ne pouvait-il pas faire comme dans le film ? Sortir, s'enivrer, et ne plus rien retenir du présent. *Boire pour oublier*, disait-on d'ailleurs d'une manière commune. Et si l'alcoolisme était son issue ? Peu importe si une discussion lui faisait mal, elle serait chassée par l'amnésie.

Cela pouvait paraître étrange de raisonner ainsi. Mais en fait Martin cherchait simplement des espaces où il pourrait s'échapper de lui-même. Il adorait l'idée de vivre sans se souvenir. On comparait d'ailleurs souvent la lucidité amoindrie à une sorte de paradis. En tout cas, il lui fallait tenter cette option. Depuis des années, il cherchait un moyen de s'en sortir. Et personne ne pouvait l'aider, car sa maladie était orpheline. Il était le seul être humain à avoir failli être Harry Potter ; l'unique habitant d'un pays. Il rentra donc chez lui enfiler une veste, pour se donner ce qu'il imaginait être une allure nocturne. Mais où aller ? Après une courte recherche sur Internet, il choisit une boîte dans le quartier de Pigalle, le Bus Palladium. Et c'est ainsi qu'il y débarqua ce samedi-là, à 19 h 32. Le videur expliqua que c'était un peu tôt. Pour patienter, il commanda quelques bières dans un bar à proximité. Ayant assez peu d'expérience dans le domaine alcoolique, il pénétra dans la boîte en titubant. Il se dirigea directement vers la piste, lui qui n'avait pas dansé depuis si longtemps. Il remua son corps en tentant de copier les autres danseurs. Sa manière de se mouvoir ressemblait à une conversation passant d'une évocation de Nietzsche à une recette de moussaka. Des regards amusés se posèrent sur lui, mais il ne s'en rendait pas compte. Son plan fonctionnait à merveille ; l'alcool le désinhibait complètement. Il finit même par se lancer dans une discussion avec un dénommé Enzo qui avait de grands projets artistiques :

« Je vais monter un spectacle historique ! Sur la Résistance ! Et en même temps, ça sera du cabaret… oui, avec de la danse et des filles !

— …

— Ça s'appellera : Jean Moulin-Rouge !

— …

— Tu trouves ça bien ? Hein ? Hein ? »

Il n'aurait bien sûr aucun souvenir de cet échange. Au bout de quelques heures, il commença à se sentir nauséeux. Un serveur s'approcha et lui proposa d'appeler un taxi. Martin se retrouva dans son lit, avec le syndrome de l'hélicoptère. Le plafond tournait au-dessus de sa tête ;

il se précipita dans les toilettes pour vomir. Sa démarche s'achevait par un éclat pathétique. Le lendemain, ce fut un dimanche d'horreur. Quelle idée étrange pour aller mieux. Qu'est-ce qui lui avait pris ? Clairement, il était préférable de demeurer dans la catégorie de ceux qui souffrent, mais qui restent sobres.

15

Ses récentes tentatives n'avaient pas changé grand-chose. Certes, il avait été capable d'acheter un livre ; mais cela représentait une étape infime sur le chemin de la guérison espérée. Pour le moment, il devait continuer à vivre comme il l'avait fait jusqu'à présent. Pas une journée ne passait sans qu'il pense, à un moment ou à un autre, à Daniel Radcliffe. Son échec continuait de le gagner.

Quelques mois passèrent ainsi. Martin s'investissait de plus en plus dans son travail au musée, n'hésitant pas à faire des heures supplémentaires quand on le lui proposait. C'est alors qu'il se produisit quelque chose de quasi miraculeux. Jacqueline Janin allait partir à la retraite. Depuis l'entretien d'embauche, elle l'avait parfois convoqué pour prendre de ses nouvelles. Mais leur relation était demeurée superficielle. Au musée, personne ne savait que Jacqueline avait perdu son fils unique dans un accident de la route quinze ans auparavant ; elle avait continué à vivre tout en étant amputée d'elle-même. Sûrement avait-elle vu en Martin, jeune homme à la fois sérieux et rêveur, comme un reflet de son propre enfant ? En tout cas, selon elle, cela ne faisait pas de doute : il était le candidat idéal pour lui succéder. Restait maintenant à convaincre le directeur, qui s'étonna forcément de ce choix :

« Écoutez, Martin Hill a vingt ans. Je veux bien vous faire confiance, mais là, je pense que c'est prématuré pour un tel poste.

— Je n'ai jamais rien demandé en trente ans, vous le savez bien. Croyez-moi, il est fait pour ce métier. C'est un jeune homme très brillant.

— Je n'en doute pas. Je vois sur son CV qu'il a obtenu la mention très bien au bac. D'ailleurs, savez-vous pourquoi il n'a pas poursuivi ses études ?

— Je crois qu'il écrit un roman…

— Ah d'accord… Mais cela ne change rien. Il manque d'expérience.

— Monsieur Loyrette, je vous comprends parfaitement. C'est vous qui décidez, bien sûr, mais rien ne vous empêche de le prendre à l'essai. Et si ça ne convient pas, vous choisirez une autre personne.

— …

— C'est une faveur que je vous demande.

— Bon… Bon… Très bien, faisons comme ça.

— Merci. Vous ne le regretterez pas. »

*

Les choses se passèrent réellement ainsi. Jacqueline Janin se battit pour Martin. Sans avoir postulé, sans même avoir passé d'entretien, il se retrouva propulsé vers cet emploi d'encadrement. On lui offrait le rôle. Très vite, le directeur constata le bien-fondé de cette option. On vanta son incroyable capacité à choisir les bonnes personnes et à les diriger. Mieux que quiconque, Martin Hill savait déceler les puissances de l'ombre.

*

Martin avait voulu remercier Jacqueline en l'invitant à déjeuner, mais elle était aussitôt partie vivre dans le Sud. Tout juste s'enverraient-ils désormais quelques messages amicaux pour se souhaiter un bon anniversaire ou une belle année, mais rien de plus. Elle avait été une présence bienveillante dans sa vie, une sorte d'ange qui passe. Et cela lui avait fait un bien fou de sentir un tel regard sur lui. Avant de quitter le musée, elle avait même déclaré : « N'oubliez pas que je crois en vous... » Ces mots-là avaient alors résonné comme la promesse d'une force. Martin avait longtemps pensé qu'il souffrait à cause de la victoire de l'Autre, mais c'était sa propre défaite qui le hantait. Il avait passé une décennie à se mésestimer, à imaginer que sa vie était ratée car il était un raté. L'étonnante générosité de Jacqueline Janin le poussait à avoir confiance en lui. Bien sûr, il avait reçu beaucoup d'amour de ses parents. Mais là, il s'agissait d'une personne extérieure. Une personne qui n'avait, en quelque sorte, aucune obligation affective envers lui.

16

Et si l'amour était la solution ? Se sentir désiré, valorisé, aimé, tel serait peut-être l'antidote à l'obsession de son échec. Mais pour cela, il devait rencontrer une femme qui pourrait panser son cœur. Il se mit en quête de cette femme. Il tenta naturellement de renouer avec Mathilde, mais elle ne voulait plus entendre parler de lui. Il guetta alors les visiteuses du musée, s'inscrivit sur des sites de rencontres, et se mit à marcher lentement dans la rue. Mais rien à faire ; pas la moindre rencontre à l'horizon. Martin avait simplement oublié un élément : il est bien connu qu'il faut arrêter de chercher l'amour pour le trouver. Étant tombé sur une publicité pour une voyante, il décida de la consulter. La femme prit une très grande respiration, comme s'il fallait pratiquer l'apnée pour apercevoir tout au fond de soi l'avenir, et finit par dire : « Vous allez la rencontrer dans une cuisine… » Martin voulut en savoir plus mais c'était la seule chose qu'elle voyait. L'information, énigmatique et lapidaire, lui avait tout de même coûté cent euros.

17

Tel un directeur de casting du Louvre, sa nouvelle fonction consistait donc à choisir les gardiens de salle. Quelle ironie pour celui qui souffrait tant d'avoir été écarté. Certes, les enjeux étaient moins importants ; on était assez loin du rôle principal d'un film à la renommée internationale. Beaucoup de postulants, notamment des étudiants, cherchaient un à-côté pour gagner un peu d'argent. Mais Martin fut très rapidement frappé par une particularité qu'il n'avait pas soupçonnée : il n'était pas seul à se présenter au musée en quête d'un refuge. Tout comme lui, des hommes et des femmes venaient ici dans l'espoir de fuir le cadre douloureux du contemporain. Plus encore, il se retrouva face à une véritable armée de numéros deux.

Parmi les candidats, il rencontra un écrivain finaliste du prix Goncourt 1978. Cette année-là, Patrick Modiano l'avait obtenu, à l'âge de trente-trois ans, pour son sixième roman, *Rue des Boutiques Obscures*. Depuis, le lauréat enchaînait les succès, et fascinait les foules lors de ses passages télévisuels chez Bernard Pivot. Pour le perdant, la gloire de l'Autre était devenue la prolongation permanente de son échec[1]. Épuisé de voir par-

1. Et il n'avait pas vécu ce qui s'annonçait comme le degré ultime du supplice : Modiano allait obtenir le prix Nobel en 2014.

tout celui qui avait été fugitivement son rival, il avait fini par arrêter d'écrire. Et voilà qu'il voulait maintenant se réfugier dans un musée. La trajectoire de cet homme, similaire à la sienne, bouleversa Martin. Il l'embaucha immédiatement.

Tous les perdants de concours médiatiques avaient vécu cette même souffrance : un échec accentué par l'image permanente de la joie du gagnant. On pouvait toujours leur dire : « C'est formidable d'être allé jusqu'en finale ! » Mais non, personne ne pouvait se réjouir d'un parcours achevé si près du but. Il était préférable de rester dans l'ombre plutôt que de frôler la lumière. L'amertume en était décuplée. Le refoulé retournait dans les profondeurs du désintérêt général pendant que le lauréat s'aveuglait des attentions de tous. Si un Goncourt ne valait pas un Potter en matière d'intensité, les épreuves étaient tout de même comparables.

Quelques semaines plus tard, il recruta une ancienne dauphine de Miss France. En 1987, elle avait échoué face à Nathalie Marquay, devenue plus tard l'épouse d'un célèbre présentateur de journal télévisé. Habituellement, la lauréate n'est sous la lumière que pendant un an. Les souffrances de la perdante s'abrègent ainsi avec la fin de cette période de médiatisation ; mais là, ça ne s'arrêtait pas. Nathalie Marquay avait même participé à une émission de télé-réalité. Voilà pourquoi, tout comme l'écrivain non couronné, la première dauphine de Miss France 1987 voulait se terrer à l'ombre des tableaux.

Martin n'en revenait pas ; il recrutait ses frères et sœurs de souffrance. Il n'y avait pas d'aigreur dans leur comportement, juste l'envie de se protéger quelques heures par jour des assauts de l'actualité. Le postulant qui entrait à ce moment même dans son bureau en serait un nouvel exemple. Inquiet, Karim balaya la pièce du regard avant de s'asseoir. On le sentait toujours sur le qui-vive. Après avoir parcouru son CV, Martin demanda :

« Vous êtes comédien ?

— Comment vous le savez ?

— C'est écrit…

— Ah mince, j'ai dû vous envoyer un ancien CV. J'ai décidé d'arrêter.

— Vous avez pourtant joué dans quelques films. Votre carrière semblait prometteuse…

— Oui, mais c'est fini tout ça.

— Et donc vous voulez être gardien de salle ?

— Oui. J'ai envie d'être dans un endroit… qui… comment dire… Je ne sais pas, on oublie tout ici.

— Ça, je peux le comprendre. Mais ce n'est pas si simple que ça. Il y a du monde, il faut rester concentré…

— J'imagine…

— Est-ce que je peux vous poser une question ?

— C'est ce que vous faites depuis le début.

— Oui, bien sûr… Je voulais dire une question plus personnelle…

— Allez-y.
— Qui a pris votre place ?
— Quoi ? fit Karim, interloqué.
— Qui a pris votre place ?
— Mais... Mais... Pourquoi vous me dites ça ?
— Le rôle... qui l'a eu ?
— Mais...
— C'était pour quel film ?
— ...
— Vous pouvez tout me dire.
— Je ne sais pas pourquoi vous me dites ça... comme ça... » balbutia Karim.

Il y eut un blanc, pendant lequel le jeune homme ne sut que penser. L'éclair d'un instant, il se demanda si ce n'était pas une sorte de caméra cachée. Mais non, cela n'était pas possible. Il était venu ici de sa propre initiative ; personne n'aurait pu préméditer un tel coup. D'un ton très amical, Martin répéta qu'il pouvait tout lui dire, que cela resterait entre eux. Karim finit alors par confesser :

« *Un prophète*. C'était pour *Un prophète*... le film de Jacques Audiard.
— Et vous n'étiez plus que deux, je suppose ?
— Mais... oui... Comment...
— Je sais.
— En fait, je n'aime pas trop parler de ça.
— Je comprends.
— ...
— On peut se tutoyer ? On a presque le même âge, finit par dire Martin.

— Oui.

— L'autre acteur, il s'appelle comment déjà ?

— Ta… har… Je n'ai pas envie de dire son nom…

— Oui, je comprends aussi.

— En plus il a chopé deux Césars. Je suis tellement dégoûté… »

Bien plus tard, Martin raconterait son aventure à Karim. Ce dernier n'en reviendrait pas. Se faire refouler de *Harry Potter* lui semblait encore bien plus violent que son propre échec. Il se sentirait soudain comme face au patient zéro de sa maladie. Pour l'instant, Martin continuait de faire parler Karim. Tout comme lui, le jeune acteur n'avait rien demandé, au début. Jacques Audiard était tombé sur l'une de ses performances dans un autre film, et avait demandé à le voir. Lors de leur première rencontre, ils avaient simplement discuté ; le courant était passé entre eux, et Karim avait quitté le rendez-vous en tentant de maîtriser son excitation. La réputation d'Audiard était immense. Il avait déjà réalisé de grands films, comme *Un héros très discret* ou *De battre mon cœur s'est arrêté*. Travailler avec lui était non seulement le rêve de tout acteur, mais cela pouvait aussi changer le cours d'une carrière, d'une vie peut-être.

Pour Jacques Audiard, trouver l'interprète de son nouveau projet constituait un véritable défi. À l'évidence, il lui fallait un inconnu. Quelques semaines plus tard, le réalisateur s'était trouvé face à deux options. Il avait hésité, fait passer plusieurs essais à l'un puis à l'autre comédien. Karim évoqua une période à la fois euphorisante et angoissante. Il s'était documenté à fond sur l'univers carcéral, avait travaillé sa démarche, son vocabulaire ; il était prêt à tout pour obtenir le rôle. Audiard semblait impressionné par la volonté du jeune acteur, qui commençait à y croire sérieusement. C'était la chance de sa vie ; c'était écrit pour lui, il ne pouvait pas en douter. Pourtant, au bout du compte, Jacques Audiard avait choisi Tahar Rahim. C'était qui ? Personne n'avait jamais entendu parler de lui. Cet inconnu venait de lui voler son rêve. Karim tomba dans ce qu'il finit par reconnaître comme une dépression. Il resta au lit pendant des semaines, ruminant la mauvaise tournure qu'avait prise son destin. Ses proches tentèrent de lui remonter le moral. Après tout, ce n'était pas rien : Audiard l'avait repéré. Il le prendrait sûrement dans son prochain film. C'était gentil, toutes ces attentions, tous ces efforts de son entourage, mais il n'y avait rien à dire qui puisse l'aider. Il remonta tout seul la pente, et commença à se sentir mieux. Il reprit le chemin des castings, se motiva. Mais tout comme pour Martin, il y eut ce qu'on peut appeler la seconde vague. Un ressac de l'échec qui allait être encore plus violent.

Au mois de mai 2009, la sensation du Festival de Cannes fut *Un prophète*. Tout le monde ne parlait que de la révélation foudroyante de son jeune interprète. Quelques mois plus tard, il remporta un doublé meilleur acteur et meilleur espoir aux Césars. C'était prodigieux. Rarement une carrière avait été ainsi lancée, dans une telle unanimité. Chaque parcelle du succès de Tahar Rahim mettait Karim un peu plus à terre. Il se sentait animé par la rage et le dégoût. Pire, sa mère avait laissé traîner un magazine people dans le salon où l'on voyait une photo de l'acteur tout sourire avec une jeune femme. La légende disait : « En plus du triomphe, Tahar Rahim a trouvé l'amour sur le tournage. Avec Leila, ils ne se quittent plus… » Karim fixa un long moment la photo, et notamment le visage de cette fille. Il la trouva si belle que cela finit de l'achever.

Son monologue avait duré presque vingt minutes. Martin en avait les larmes aux yeux ; il avait ressenti chaque mot dans sa chair. Il s'était levé pour serrer dans ses bras son partenaire de désespoir. Puis il finit par balbutier : « C'est bon, tu es embauché… » Karim recula d'un mètre comme si la réalité venait de revenir subitement à lui. Il n'avait jamais passé d'entretien aussi incongru.

18

Martin ne se sentait plus seul, et cela changeait beaucoup de choses. Karim et lui s'entraidaient dans la stratégie d'évitement de Daniel Radcliffe pour l'un et de Tahar Rahim pour l'autre. Mais cela demeurait toujours aussi compliqué. Maintenant que la saga *Harry Potter* était finie, la presse ne cessait de scruter les moindres faits et gestes de son acteur principal. Des centaines d'articles évoquaient la suite de sa carrière. « Qu'allait-il faire à présent ? » Cette question obsédait la planète médiatique. Cela ne s'arrêterait donc jamais. A priori, il était en train de tourner un film d'horreur, *La Dame en noir*. Martin en était réduit à espérer que ses prochains films soient des échecs, et qu'il tombe progressivement dans l'oubli. Il lui souhaitait une carrière à la Macaulay Culkin, qui avait eu du mal à se remettre des succès de *Maman, j'ai raté l'avion*. Il se murmurait d'ailleurs que Daniel Radcliffe était tombé dans l'alcool, alors il y avait peut-être un espoir… qui s'estompa très vite. Régulièrement, l'acteur donnait des interviews vantant encore et toujours l'aventure incroyable qu'était sa vie.

Martin pouvait être fier de lui : il avait survécu à sept romans et huit films. Mais la fin de la saga n'entamait en rien l'hystérie ; bien au contraire. On lançait sans cesse des pétitions pour que J. K. Rowling reprenne ses personnages le temps d'un livre. On spéculait, on ergotait, on fantasmait. Il y avait des commémorations et des célébrations en tous sens. Et, pour couronner le tout, on venait d'annoncer une nouvelle série de films, *Les Animaux fantastiques*, qui serait une sorte de dérivé narratif de *Harry Potter*. Martin en était épuisé d'avance.

19

Quelques mois passèrent dans cette ambiance à deux têtes. Martin alternait les moments d'épanouissement professionnel avec ceux où il doutait de jamais pouvoir mener une vie normale. Jusqu'au jour où Jeanne décida de lui faire une surprise. Son fils lui manquait trop ; elle ne supportait plus de le voir par écrans interposés. Elle prit un vol pour Paris sans le prévenir, se rendit directement au Louvre en quittant l'aéroport, et prit la photo d'une œuvre qu'elle lui envoya. Il aurait pu se demander pourquoi elle partageait ce tableau avec lui, mais il sut instinctivement : « Elle est là. » Il quitta son bureau précipitamment, traversa d'innombrables salles en slalomant entre les visiteurs, pour se retrouver enfin à proximité de *La Femme au miroir* de Titien. Oui, elle était là. Ce qu'elle avait fait était si beau. Elle le vit à son tour, et ils s'approchèrent l'un de l'autre lentement. Ils s'enlacèrent alors avec si peu de retenue que quelques Japonais immortalisèrent l'instant.

20

Ce n'était pas une simple visite. Jeanne avait décidé de rentrer en France, pour retrouver son fils, mais aussi par lassitude de la vie aux États-Unis. Elle y avait noué assez peu de relations finalement. Que ce soit en amour ou en amitié, ce pays demeurait un territoire du flirt. Par ailleurs, la situation était devenue moins intéressante. On en était à la moitié du mandat de Barack Obama et sa réélection paraissait déjà acquise. En revanche, elle avait rencontré plusieurs fois à Washington Dominique Strauss-Kahn, et elle était persuadée qu'il serait le prochain locataire de l'Élysée. Elle avait donc entrepris d'écrire un essai sur lui : *DSK, un président français made in USA*. Quelques mois plus tard, elle se verrait contrainte d'abandonner son projet.

Ils reprirent leurs anciennes habitudes, alternant promenades et restaurants. Si Jeanne contournait toujours le sujet tabou, elle avait une idée qu'elle voulait partager avec son fils. Une idée qui tournait autour de l'expression : *vaincre le mal par le mal*. À vrai dire, cette pensée ne sortait pas de nulle part. Jeanne venait de découvrir qu'on avait reconstitué Poudlard à l'identique dans un château en Pologne. Et qu'on y organisait des séjours pour les fans. Tout comme il existait des stages dans les cockpits pour les phobiques de l'avion, cela lui paraissait évident : son fils devait y participer.

« Tu es sérieuse ?
— Oui, vraiment.
— Je ne vois pas en quoi ça pourrait m'apaiser.
— Tu m'as dit que ça t'avait fait du bien de pouvoir acheter un livre ou d'aller au cinéma. Là, ça serait l'étape suprême. Si tu traverses cette épreuve, je suis certaine que tout sera résolu.
— C'est n'importe quoi.
— Mon chéri, c'est n'importe quoi depuis le début. »

Là, il fallait dire que sa mère n'avait pas tort. Sa vie ne ressemblait à aucune autre. Il était paralysé par l'œuvre la plus connue du monde. Peut-être que Jeanne avait raison. Le miracle allait se produire, et il en ressortirait enfin heureux. Il n'y croyait pas vraiment, mais cela valait la peine d'essayer. Au pire, s'il se sentait trop mal, il pourrait toujours faire demi-tour.

21

En traversant certains villages polonais, il pensa fugitivement qu'il pourrait s'y installer. *Changer de vie* est le slogan contemporain par excellence. Jamais les existences n'ont autant été alimentées par le besoin de se bouleverser elles-mêmes. Jusqu'à présent, les destins étaient en grande majorité linéaires ; on voit maintenant des électriciens devenir professeurs de yoga et des enseignants ouvrir des fromageries. Dans le petit bourg de Jędrzychowice, qui semblait figé dans un siècle lointain, Martin pourrait s'offrir un nouveau destin. Très loin de *Harry Potter*, il se retrouverait perdu entre *La Montagne magique* de Thomas Mann et *Le Magicien de Lublin* d'Isaac Bashevis Singer.

Pour occuper son esprit, lors des derniers kilomètres à parcourir jusqu'à Czocha, il détailla à nouveau les éléments de son programme. La brochure indiquait, entre autres, qu'il fallait obligatoirement parler anglais pour participer au séjour. En arrivant, il y aurait un pot d'accueil pendant lequel on indiquerait aux participants le lieu de leur hébergement. Comme dans le livre, il s'agissait de la Cérémonie de la Répartition. En plus du logement était incluse dans le forfait la location d'une tenue de sorcier. C'était un modèle basique, libre à chacun de partir en quête d'accessoires plus sophistiqués. Pour cela, on pouvait aller chez Gringotts (la banque de *Harry Potter*) et changer des euros en Gallions d'or, Mornilles d'argent et Noises de bronze. Avant le début des festivités, il était prévu une petite séance de shopping dans le Chemin de Traverse. Sous des airs ludiques, cette entreprise monnayait chaque parcelle du rêve.

Lui qui avait touché de si près l'original s'apprêtait à pénétrer dans l'antre de la réplique. Le parfum acide du déclassement s'emparait de lui. À la descente du bus, on lui indiqua la direction du château. Il devait marcher à peu près un kilomètre. Si la plupart des participants arrivaient en voiture, il partagea la route avec d'autres piétons. Il remarqua une fille aux cheveux rouges, un garçon en redingote élimée, et un autre qui sautillait en semblant parler aux insectes sur le bas-côté de la route ; bref, tout cela avait l'air d'une procession en vue d'intégrer une secte. D'ailleurs, les habitants du village se postaient devant leur maison pour les regarder passer. Cela les faisait sûrement rire de voir déambuler ces ados attardés déguisés en sorciers du dimanche. Martin serait bientôt rassuré : ceux qui débarquaient à pied étaient les plus étranges. La plupart des convives venaient pour s'amuser, pour effleurer ce qui avait bercé leur enfance.

22

Enfin, il distingua le château. Sur le long chemin qui menait à l'entrée principale, on entendait le thème mythique du film, composé par John Williams. Un de ces airs qui ont le pouvoir d'entrer dans la tête pour ne plus jamais en sortir. Sur le perron, un colosse qui devait être le Hagrid polonais accueillait chaque arrivant avec un grand sourire, tout en lui remettant sa lettre de convocation. Le hall était transformé en réfectoire ;

s'il était à l'évidence moins grand que celui de Poudlard, la réplique était impressionnante. Tout le monde semblait émerveillé ; on était clairement dans le royaume des fans. Certains s'exprimaient avec des mots bizarres, d'autres tentaient déjà des formules magiques. Martin fut l'un des premiers à s'asseoir. Il s'était attendu à ressentir quelque chose de bien plus déstabilisant, finalement il maîtrisait plutôt bien la situation. Il finit par en comprendre la raison. Habituellement, il était sans cesse sur le qui-vive. Ici, au cœur du réacteur, aucune intrusion subite n'était à craindre. La situation d'hostilité était si clairement établie qu'elle en devenait acceptable.

Après le Hagrid polonais apparut le Dumbledore polonais. Sa longue barbe blanche respirait le postiche bon marché. Si enthousiastes fussent-ils, ces intermittents du spectacle n'avaient pas le budget de la Warner. À table, Martin s'était retrouvé avec un jeune homme qui paraissait timide, et une fille si bavarde qu'elle était sans doute capable de se parler à elle-même. Commentant tout ce qu'elle pensait, elle finit par s'exclamer : « J'espère qu'on ira à Gryffondor, c'est la meilleure maison ! » Aucun second degré dans cette déclaration, elle semblait jouer sa vie. Cette Américaine, dénommée Jessica, était une pure réplique d'Hermione. Son choix fut exaucé ; de quoi croire en la force de la pensée positive. Quelques minutes plus tard, le Dumbledore polonais annonça, après avoir regardé le Choixpeau magique : « Martin Hill…

Gryffondor ! » Il fut alors applaudi par tout le monde, sans trop comprendre ce qui se passait. Jessica souffla : « Génial, on est ensemble. » Le duo fut rejoint par le garçon qui se trouvait à leur table, un Tchèque aux cheveux roux nommé Pavel. Lui aussi avait été désigné pour le même secteur. Une sorte de trio se constitua, et Martin ne put s'empêcher d'y voir une similitude avec le roman. Si ses deux acolytes étaient Hermione et Ron, cela voulait dire qu'il était Harry Potter.

Alors qu'ils posaient leurs affaires dans le dortoir, Jessica dit à Martin :

« Tu ressembles vraiment à Potter. C'est troublant.

— Ah bon ?

— Ne fais pas semblant. C'est sûr qu'on te l'a déjà dit.

— …

— Tu trouves pas ? demanda-t-elle à Pavel.

— Oui c'est vrai… » répondit-il avec un fort accent tchèque, mais on sentait surtout qu'il ne voulait pas contredire Jessica.

Quelques minutes plus tard, tout le dortoir scrutait le visage de Martin en s'exclamant : « C'est fou, cette ressemblance… » Au point qu'un des participants finit par dire :

« Ah j'ai compris ! Tu fais partie de l'organisation !

— Pas du tout, répondit mollement Martin.

— Ouais, c'est ça… »

Martin demeura sans rien dire, laissant les plus

excités s'enthousiasmer de cette hypothèse farfelue.

23

La matinée du lendemain était consacrée aux duels de magie. Dans un premier temps, il s'agissait de mémoriser les formules sacrées. La plupart des participants les connaissaient toutes. On entendait crier *Furunculus*[1] *!* *Riddikulus*[2] *!* Ou encore *Levicorpus*[3] *!* Chacun s'agitait avec sa baguette magique, mais rien ne se produisait. N'importe quel touriste se retrouvant dans le décor de Poudlard n'allait pas d'un coup faire apparaître des crapauds. Devant l'insistance générale, Martin dut se prêter au jeu. Il se sentait pourtant épuisé. N'ayant pas l'habitude des dortoirs, il n'avait pu dormir que deux ou trois heures. On l'exhortait maintenant à produire un miracle. Les participants frappaient des mains pour l'encourager, et scandaient des « Harry ! » de plus en plus surexcités. On avait donc décidé qu'il n'était plus Martin. Perdant progressivement sa lucidité, il leva alors sa baguette et chercha sa cible. Il finit par repérer une fille très grande et très fine, comme dessinée par Giacometti. Il

1. Fais pousser des furoncles !
2. Transforme en personnage comique !
3. Suspends quelqu'un en l'air par la cheville !

s'approcha d'elle lentement. Chacun retenait son souffle. Sa cible se mit à trembler ; déjà de petites gouttes de sueur perlaient à ses tempes. En fan véritable, elle avait vraiment l'impression d'être face au véritable Harry Potter. Peut-être avait-elle raison ? Martin semblait comme habité. Dans une sorte de transe, il tenta de convoquer sa mémoire pour se souvenir d'un sort. Enfin vint l'illumination. Il cria subitement *Obscuro*[1] *!* en fixant sa victime. Immédiatement, le large serre-tête noir de la fille glissa sur ses yeux, probablement à cause de la sueur. L'effet fut saisissant. Le brouhaha se transforma en silence ; la musique de la stupéfaction. Quelque chose de magique, pour ne pas dire de surnaturel, venait de se produire.

Pendant le déjeuner, à toutes les tables, il ne fut question que de ça. Le responsable du séjour, le faux Dumbledore, s'approcha de Martin :

« Il paraît que nous avons Harry Potter parmi nous.

— …

— La ressemblance est stupéfiante… » chuchota-t-il, subitement fébrile.

Lui-même était un obsédé de l'univers de J. K. Rowling ; c'était en fan qu'il avait créé cet endroit. Il tenta d'entamer une conversation, posa des questions, mais Martin esquiva par des réponses courtes ou inaudibles. Chaque heure passée ici devenait plus étrange que la précédente.

1. Place un bandeau noir sur les yeux d'une personne !

En revanche, tout le monde était adorable avec lui. Il découvrait ce sentiment d'être apprécié, et même : d'être populaire. Il aurait pu s'en réjouir, ce fut le contraire. L'excitation qu'il suscitait dans ce Poudlard de pacotille lui permettait d'imaginer ce que cela aurait pu être dans la version réelle. Ce séjour lui donnait à voir des bribes d'une féerie qui n'était pas la sienne.

Jessica lui tapa alors dans le dos : « Dépêche-toi, la partie de Quidditch va commencer… » Quelques minutes plus tard, tout le monde était réuni dans le grand parc du château. Le Hagrid polonais annonça que le gagnant remporterait la fameuse coupe de Quidditch des Quatre Maisons. Martin jugeait plutôt audacieux d'organiser un tel événement : les participants ne tarderaient pas à se rendre compte que leurs balais n'étaient pas volants. Puisque Martin était Harry Potter, on décréta qu'il devait être doué à ce jeu. On l'encouragea ainsi à prendre la tête de son équipe, ce qu'il fut bien contraint d'accepter. Jessica et Pavel étaient surexcités, certains de gagner, avec leur champion. Martin les considéra un instant, sidéré par la puissance de leur conviction. Il fallait être tordu pour croire en lui.

La partie commença. Cela ressemblait finalement à une sorte de balle au prisonnier. La différence majeure : on se déplaçait avec un balai entre les cuisses. Sans trop savoir pourquoi, Martin arrivait à se mouvoir avec une facilité déconcertante. Il parvenait mieux que quiconque à se placer derrière un adversaire afin de le mettre hors-jeu. À chaque fois qu'il marquait un point l'hystérie autour de lui s'amplifiait. La scansion des encouragements était incessante : « Harry, Harry, Harry ! » Il courait dans tous les sens, à ne plus savoir qui il était, à ne plus savoir non plus quel était le but de ce jeu à la con. Il était perdu au fin fond de la Pologne, transpirant et abruti de fatigue, nageant en plein délire. On attendait de lui qu'il marque le point de la victoire (il avait fini par comprendre les règles du jeu). C'est alors qu'il jeta subitement son balai au sol. Une attitude qui provoqua une stupéfaction générale. Pourquoi avait-il agi ainsi ? En pleine manche décisive, il tentait peut-être quelque chose d'inédit. Certains chuchotèrent qu'il fallait lui faire confiance : il y avait forcément une stratégie derrière ce geste. C'était tout de même Harry Potter en personne. Martin pivota sur lui-même, observant la foule qui entourait le terrain, suspendue au moindre de ses gestes. Il laissa durer encore un court instant cet arrêt sur image, avant de partir soudain dans un fou rire. Personne ne comprenait. Comment pouvait-il rire au cœur d'une action si sérieuse ?

Il quitta le terrain sous les regards effarés. En ne validant pas le dernier point, il faisait perdre son équipe. « C'est peut-être une autre stratégie », voulurent croire certains irréductibles optimistes. Mais non, il fallait bien admettre la vérité : il fuyait. Deux ou trois fans se précipitèrent pour le retenir. Martin menaça de jeter un sort à quiconque l'empêcherait de s'en aller. Effrayés, les illuminés s'écartèrent aussitôt. Il poursuivit seul sa marche jusqu'au dortoir, prit son sac, et quitta le château. Sur le trajet du retour, il songea que cette aventure étrange avait eu le mérite de confirmer ce qu'il savait depuis toujours : il aurait dû être Harry Potter.

24

Il raconta son aventure à sa mère. Encore une fois, pour lui faire plaisir, il admit que cela lui avait fait du bien. En réalité, cela n'avait pas changé grand-chose. Il était capable de s'approcher de l'univers de J. K. Rowling, ce qui était un grand progrès, mais le goût amer de l'échec demeurait inexorablement dans sa bouche. De cela, rien ne semblait pouvoir le délivrer. Il lui faudrait attendre encore un peu avant de trouver la solution.

Martin raconta également son voyage à Karim. Ce dernier s'amusa en imaginant la tête des participants plantés sur le terrain de sous-Quidditch. Il finit par dire :

« Peut-être que je peux faire ça, moi aussi ?

— Quoi ?

— Vaincre le mal par le mal.

— Ah oui.

— Mais bon… Pour ça, faudrait que j'aille en prison… » poursuivit-il en souriant.

Ils continuèrent à imaginer des stratégies pour oublier l'Autre, mais d'une manière légère. Ensemble, ils dédramatisaient tout. Cela apaisait Martin de se sentir compris. Au fond, Karim était bien plus qu'un ami, c'était son *prophète*.

25

Ce soir-là, Karim invita Martin à l'accompagner à une fête. Dans le hall de son immeuble, une invitation avait été affichée par les organisateurs. En toute courtoisie, et pour désamorcer un peu le désagrément à venir, ils proposaient aux voisins de passer boire un verre. Le genre de mot qu'on écrit sans penser que quiconque aura le cran de s'incruster. C'était mal connaître Karim. Aller dans des endroits où il ne croiserait aucun visage familier, et où personne ne l'attendait, c'était devenu le refrain de sa vie. Depuis le casting fatal, il ne supportait plus de voir ses amis, qui tous lui rappelaient malgré eux son passé. Martin avait donc accompagné son ami chez ce jeune couple inconnu, chez ces deux échantillons de normalité.

Karim apporta de l'alcool fort histoire d'être plus rapidement faible. Et Martin une simple bouteille de Schweppes. Ils restèrent à l'écart dans un premier temps, coincés au fond de la cuisine.

L'ivresse s'emparant de Karim, il voulut aller danser dans le salon. Martin se mit à enchaîner quelques conversations incongrues, jetant des bouts de phrases ici ou là, comme si on pouvait émietter sa pensée. Il est difficile de savoir à quel moment précis de la partition nocturne Sophie et lui se rapprochèrent. Vient une heure dans la nuit où l'heure n'existe plus. À chaque fois qu'elle venait attraper une bière dans le frigidaire, elle le voyait toujours là, tel un phare dans la fête. Elle finit par s'adresser à lui mais, Martin n'étant pas très doué pour les relances, cela tourna au monologue. Est-ce qu'on se livre plus facilement face à un mutique ? Pour Sophie, il faut croire que oui. Elle expliqua qu'elle était en train de finir des études de médecine et s'apprêtait à faire ses premiers remplacements. Enfant, elle adorait jouer au docteur et au patient avec son frère. À quatre ou cinq ans, elle l'auscultait avec des instruments en plastique, délivrait des ordonnances improbables et lui faisait boire des breuvages censés être miraculeux. Soumis à cette médecine fictive, son frère ne tomba jamais malade. Sophie y vit un signe évident de son don. Il y a une beauté dans l'idée qu'un jeu d'enfant puisse devenir l'occupation d'un adulte. Voilà ce qu'elle lui racontait. Mais au fond, elle n'avait qu'une envie : en savoir davantage sur son interlocuteur silencieux. Qui était-il ?

Martin avait aimé recevoir les paroles de cette inconnue qui s'était ouverte à lui simplement.

Concentré sur chaque détail de son récit, il n'avait plus prêté attention aux invités de passage qui le bousculaient pour attraper un verre ou jeter des cendres par la fenêtre. Écouter cette fille parler, c'était s'extraire de la foule. Il se sentait bien avec elle, c'était instinctif ; et vraiment rare pour un être qui s'enthousiasme à la fréquence de la pluie en Éthiopie. C'était à lui de parler maintenant. Sophie avait demandé : « Et toi ? Tu fais quoi ? » Il fallait donc toujours se définir, avoir des choses à dire sur soi, offrir son passé pour recevoir du présent. Il rêvait d'une rencontre ne reposant sur rien de concret. Cela lui rappelait les mots de Flaubert à Louise Collet : « Ce qui me semble beau, ce que je voudrais faire, c'est un livre sur rien qui se tiendrait par la force intérieure de son style. » Oui, c'était exactement ça son désir, celui de vivre une rencontre sans devoir se raconter, une rencontre qui ne tiendrait que par la force intérieure de son style.

Il fut sauvé de la confession attendue par le retour de Karim, complètement ivre : « Tu étais où ? Je t'ai cherché partout ! » Phrase totalement improbable dans un appartement de deux pièces. Son apparition ne fut qu'une très courte diversion. Il repartit aussitôt, et Martin ne le vit plus de la soirée. Il en profita néanmoins pour expliquer : « Nous sommes collègues au Louvre… » Quelques mots qui semblèrent séduire son interlocutrice. Redoutable efficacité de la mention d'un musée prestigieux dans un entretien d'embauche sentimentale. Martin se lança ainsi dans l'explication de son parcours, mais au fil des mots, le volume de sa voix baissa progressivement. Pas vraiment convaincu par ce qu'il racontait, son récit avait pris l'allure d'un livre de développement personnel écrit par Schopenhauer. Sophie le trouva vraiment atypique, ce qui accentua son attirance. Néanmoins, à chaque fois qu'elle voulait en savoir plus, il esquivait. Il offrait l'attitude d'un homme qui veut échapper à son biographe.

Martin pensa alors subitement à Mathilde, à leurs conversations le soir, à la beauté des moments où ils se découvraient. Et puis à la façon dont il avait saccagé cette histoire. Il devait aller puiser dans sa honte la force d'être maintenant un homme différent. C'est exactement ce qu'il fit. Changeant complètement de tonalité, il se mit à parler. Sophie eut l'impression d'être face à un garçon en train de modifier sa trajectoire, tout comme on détourne un avion. Il venait de changer de destination. Ses phrases s'enchaînaient à présent avec une certaine aisance, passant d'une théorie sur les nuages aux premiers films de David Lynch. Jamais Sophie n'avait rencontré quelqu'un d'aussi atypique, et drôle. Elle n'avait pas vu la nuit passer quand le jour s'offrit à eux. Ils quittèrent la fête ensemble, mais aucun des deux ne semblait doué pour récoler l'évidence de leurs désirs respectifs. Sophie devait attendre que Martin fasse le premier pas, sans imaginer qu'en matière amoureuse il n'avait connu que du surplace. À une époque où l'amour s'excite de l'immédiateté, il y avait peut-être un certain charme à laisser agir deux analphabètes du cœur. Ils se séparèrent en échangeant leurs numéros. Une fois seuls chez eux, ils se jugèrent bien ridicules. Avant de s'endormir, Sophie repensa à son attitude quelques heures plus tôt. Elle ne voulait pas aller à cette soirée. L'une de ses amies avait fortement insisté. N'est-ce pas toujours ainsi ? Les grandes rencontres s'opèrent dans l'ombre de notre volonté. Sachant cela, on devrait toujours faire le contraire de ce que l'on avait prévu. Quant à Martin, c'est seulement une fois dans son lit qu'il eut l'illumination : « Je l'ai rencontrée dans une cuisine ! »

26

Quelques jours plus tard, ils se retrouvèrent pour déjeuner. Martin ne voulut pas raconter son histoire dès ce premier rendez-vous. Il savait qu'il lui dévoilerait tout, mais pour le moment, il aimait le regard vierge que posait Sophie sur lui. Rencontrer quelqu'un, c'est se permettre d'exister à nouveau sans son passé. On se raconte comme on veut, on peut sauter des pages, et même commencer par la fin. Cette liberté narrative retrouvée finit par une invitation à dîner de Sophie. Martin s'interrogea sur le choix des fleurs à offrir, avant de finalement demander au fleuriste : « Une de chaque. » Ce bouquet totalement baroque se révéla étrangement homogène. Sophie remercia son hôte et mit les fleurs dans un vase. Martin pénétra dans un petit salon charmant ; au-dessus du canapé, il aperçut l'affiche de *Opening Night* de John Cassavetes. Sophie proposa de s'installer pour boire un apéritif, mais Martin lui fit signe d'attendre. Il se dirigea vers une petite bibliothèque de l'autre côté de la pièce. Était-elle tombée sur une sorte de psychopathe littéraire ? Oui, à peine arrivé chez elle, il semblait examiner minutieusement ses livres. Elle finit par lui demander :

« Je peux t'aider ? Tu cherches quelque chose en particulier ?

— Excuse-moi, je regarde…

— C'est quoi ton vice ? Tu ne restes dîner que si mes livres te plaisent ? » fit-elle pour détendre l'atmosphère, gênée par cette situation dont le sens lui échappait.

Au bout d'un moment, Martin se retourna avec un immense sourire.

Sophie n'avait pas de *Harry Potter*.

QUATRIÈME PARTIE

1

L'intuition de Martin avait été juste : seul l'amour permettait de mettre un terme à la souffrance. Sophie lui avait rendu la pleine possession de sa confiance en lui. Il se sentait capable d'assumer son échec, au lieu de le subir. Aimé, il n'était plus vulnérable. C'était doux et presque miraculeux. Quand *Harry Potter* surgissait, il suffisait simplement de détourner le regard. Toute cette histoire tragique semblait bel et bien finie.

2

Martin travaillait toujours au Louvre et Sophie avait ouvert son cabinet. Quand l'un avait mal au ventre, il allait voir l'autre ; quand l'autre voulait soigner son âme, elle allait voir le premier. Et ils faisaient de longues promenades le dimanche au jardin des Tuileries avec leur chien Jack. Une scène en particulier doit être racontée, qui avait eu lieu au début de leur histoire. Une scène qui avait contribué à la mythologie de leur évidence. Alors qu'ils faisaient les courses pour acheter de quoi dîner, Sophie avait adressé à Martin cette recommandation : « N'oublie pas les yaourts que tu aimes. » C'était exactement la phrase que son père avait prononcée avant son malaise ; la dernière phrase de la vie normale. Martin se figea un instant, et regarda Sophie comme si elle était une effraction de la réalité. Il finit même par considérer cette incroyable coïncidence comme un signe envoyé par son père ; une sorte de bénédiction en provenance de l'au-delà.

Jeanne, elle, venait tout juste de se marier avec Nicolas, un inspecteur de police rencontré trois ans plus tôt dans des circonstances plutôt particulières. À cette époque, Marc avait tenté de reprendre contact avec elle. À la lecture du *Point*, il avait compris qu'elle était revenue en France. Il s'était alors mis à l'attendre chaque soir à la sortie de son travail. Elle avait accepté de lui parler ; il jurait qu'il avait changé, il prétendait vouloir s'excuser auprès de Martin. Il se présentait comme un homme nouveau, sincère, et désarmé face à son attitude passée. Mais Jeanne restait sur ses gardes, craignant par-dessus tout de retomber dans les artifices de sa manipulation. En réaction à la distance qu'elle maintenait entre eux, il s'était fait de plus en plus oppressant. Jeanne n'avait eu d'autre choix que de porter plainte pour harcèlement. Et c'était donc lors de son passage au commissariat, alors qu'elle essayait en vain d'obtenir un café d'une machine récalcitrante, que Nicolas était venu la tirer d'affaire. Étrange enchaînement des choses de la vie.

Quant à Karim, il était toujours aussi présent dans la vie de Martin. Son destin avait été très instructif. Quelques semaines après la soirée où Martin avait rencontré Sophie, il avait été rappelé par Jacques Audiard. Karim avait hésité dans un premier temps (la peur de replonger) mais la curiosité avait été la plus forte. Il s'était donc à nouveau retrouvé face au grand réalisateur qui semblait sincèrement heureux de revoir celui qui avait failli être son *Prophète*. Très rapidement, Audiard expliqua à Karim qu'il voyait en lui l'un des collègues de Marion Cotillard dans son nouveau projet : *De rouille et d'os*. Le film se déroulait dans un centre aquatique avec des dauphins et des otaries. Pour la préparation du rôle, il devrait intégrer une véritable équipe de dresseurs. On pouvait difficilement envoyer davantage de poudre aux yeux à un jeune acteur. Pourtant, Karim dit d'emblée qu'il avait besoin de réfléchir. Audiard esquissa le début d'une mine stupéfaite. Cela faisait des années qu'il n'avait pas vu un comédien hésiter face à l'une de ses propositions. Pour se justifier, Karim expliqua avoir arrêté le métier après le casting d'*Un prophète*. Audiard tenta de le raisonner. C'était absurde de renoncer, avec son talent.

Il eut cette phrase qu'on entend souvent dans ces cas-là : « Quand on tombe de cheval, il faut remonter aussitôt. » Il tenta même un peu d'humour en ajoutant : « Quand on tombe de cheval, il faut remonter sur un dauphin. » Karim sourit, mais son esprit était ailleurs. Il pensa au bonheur que lui aurait valu cette conversation quelques années plus tôt. Mais là, ce n'était plus possible. Il avait trop souffert, beaucoup trop souffert. Alors, il se leva, insista pour payer les cafés, puis énonça calmement : « Monsieur Audiard, je vous remercie sincèrement pour votre proposition, mais c'est non. » Et il partit.

Le soir même, il avait tout raconté à Martin. Si ce que son ami avait accompli ne changeait rien à sa propre histoire, cela l'avait pourtant apaisé. Ce qui est violent dans l'échec, c'est d'avoir perdu la maîtrise de son destin. C'est la soumission à la décision de l'autre. En agissant ainsi, Karim n'avait rien réparé, mais il avait éprouvé comme la sensation de reprendre la main. C'était lui qui avait décidé de son propre sort, et cet acte de bravoure avait bouleversé Martin. Par son attitude, Karim avait vengé l'honneur de tous les seconds.

3

Certaines douleurs ne semblent pas avoir d'issue. Après ces années de répit, Martin se sentit replonger dans les affres de son échec. C'est toujours par la lenteur que s'annonce la mélancolie. Il se mit à tout faire plus lentement : se lever, se laver, manger, penser. Sophie ne savait que faire, elle n'avait jamais été confrontée aux périodes noires de son compagnon. Il se vautrait à nouveau dans la rancœur et raréfiait de plus en plus ses sorties. Il ne cessait de se demander : « Mais pourquoi ça revient ? Pourquoi ? » C'était incompréhensible. À nouveau, il évitait de regarder la télévision de peur de tomber sur un film de *Harry Potter*. Les difficultés de son passé étaient revenues sans crier gare.

Sophie tenta de trouver de l'aide auprès de Jeanne que l'annonce de la rechute de son fils laissa désemparée. Elle se souvenait de leurs années à tout essayer, à tout tenter. Mais rien n'avait véritablement fonctionné, jusqu'au jour où Martin avait rencontré l'amour. C'est pourquoi Jeanne se permit de demander :

« Est-ce que tout va toujours bien entre vous ?

— Mais pourquoi tu me demandes ça ? Bien sûr. Je l'aime plus que tout. Et ça me torture de le voir comme ça…

— …

— J'ai tellement envie de l'aider. De trouver une solution… »

Effectivement, Sophie n'arrêtait pas de penser à Martin. En médecin, elle essaya de rationaliser la situation :

« Mon amour, il y a forcément eu un élément déclencheur. On ne rechute pas comme ça.

— Je ne sais pas.

— Du stress au travail ? La peur d'un nouvel échec… »

Non, ce n'était pas ça. Au contraire, on pensait lui confier davantage de responsabilités au Louvre. Il avait beau chercher dans ses souvenirs récents, il ne voyait pas. Il traquait chaque détail ; mais rien ne venait ; il n'avait même pas croisé un lecteur de J. K. Rowling dans le métro. Martin était désespéré. Tout lui revenait. Les tentatives d'esquives de la vie de l'Autre, le désir de se couper du monde, les efforts surhumains pour simplement acheter un livre ou aller au cinéma, oui, tout était de retour. Pourquoi ? Sophie et lui formaient un couple merveilleux, alors quoi ? Était-il condamné au malheur quoi qu'il arrive ?

4

Quelques semaines auparavant, le couple avait évoqué la possibilité de faire un enfant. Ils avaient même trouvé un prénom : Sacha si c'était un garçon, et Sasha si c'était une fille. C'était cette discussion qui avait été la source de la rechute. En se projetant dans son avenir de père, il s'était replongé dans le monde de l'enfance. Et il s'était représenté son fils ou sa fille regardant ou lisant

Harry Potter. Les années passaient, et la passion ne s'estompait pas. On avait carrément créé des parcs d'attractions à l'effigie du sorcier à Orlando en Floride, et à Osaka au Japon. Avoir un enfant, c'était forcément se confronter à nouveau à cet univers. C'était comme dire à un ancien drogué : « Vous allez remplir un immense saladier de cocaïne, et vous le garderez en permanence chez vous. » La comparaison peut sembler excessive ; mais devenir père quand vous avez des troubles vis-à-vis de *Harry Potter*, c'est clairement se propulser dans une situation inconfortable.

La pire conséquence d'un échec, c'est qu'il transforme le reste de votre vie en un perpétuel échec. Martin comprit qu'il ne s'en sortirait jamais. Une chose était certaine : il ne voulait pas faire subir son abyssale fragilité à ses futurs enfants, et encore moins à la femme qu'il aimait. Il évoqua donc la possibilité de rompre à Sophie, qui s'insurgea :

« Mon amour, je vois bien que tu es mal. Mais ne dis pas n'importe quoi s'il te plaît. On ne va pas se quitter, on va se battre ensemble…

— Je ne veux pas être un poids pour toi.

— Tu ne le seras jamais.

— Je n'en peux plus. Ça fait vingt ans que ça me hante…

— Je sais. Mais tu allais très bien ces dernières années. Il n'y a aucune raison que tu ne retrouves pas ce même bien-être.

— Je voudrais tellement en finir pour toujours.

J'ai beau me raisonner : je n'ai pas eu le rôle, et alors ? Mais je n'y arrive pas.

— Je comprends, mon amour. Mais tu as trente ans, et tu as tout pour toi. Je ne te laisserai pas gâcher ta vie pour ça. Notre vie.

— …

— Je te promets qu'on va trouver la solution… »

5

Sophie se mit à faire des recherches. Elle tomba sur des articles concernant les *failcon.* Il s'agissait de conférences autour de l'échec. Lancées aux États-Unis, elles avaient été reprises un peu partout dans le monde. On organisait ici ou là de grandes manifestations basées sur des prises de parole au cours desquelles les participants racontaient tout ce qu'ils avaient raté. Lors d'un grand rassemblement en 2015, *L'Express* avait titré : « Tous les losers réunis à Toulouse. » Si on parlait anglais, on se rendait compte que même le choix de la ville d'accueil faisait partie intégrante du projet. On y entendait des slogans comme : « L'échec fait partie de la réussite ! », mais il s'agissait surtout d'écouter des parcours de vie inspirants. On y croisait des entrepreneurs qui avaient fait faillite, des artistes sortant d'un bide, ou encore des membres du Parti socialiste. Sophie montra ces vidéos à Martin. Cela lui rappela sa lointaine séance chez le docteur Xenakis. Écouter les échecs des autres pour se sentir mieux, c'était du réchauffé pour lui.

6

Sophie pensa alors à toutes sortes de pratiques médicales et paramédicales, de l'ostéopathie à l'étiopathie, de la sophrologie à l'acupuncture. Elle comprit rapidement que Martin ne voulait voir personne. Il n'était pas à l'aise avec l'idée de partager son mal-être, même lors de séances silencieuses. Elle finit par penser au pouvoir de l'écriture. On vantait souvent la capacité apaisante des mots sur ce qui fait mal. Il en était de même avec la peinture ou toute autre expression artistique, avec ce qu'on nomme un peu largement l'art-thérapie. Mais c'était avec l'écrit que Martin se sentait le plus d'affinités.

Par le passé, il avait déjà griffonné quelques pages, sortes de journaux intimes ou carnets de réflexions. Et puis, il avait tout jeté, ne voulant pas garder de traces de ses confessions. Sophie le poussait à entamer la rédaction d'un nouveau récit autobiographique. Raconter enfin, de manière posée, ce qu'il avait vécu. Pourquoi pas ? Il écrirait pour lui, à la manière d'un homme qui prépare sa valise sans partir en vacances. Pour se donner un peu d'air, il décida de rédiger son récit à la troisième personne. Les premiers jours apportèrent une accalmie. En rentrant du Louvre, il se mettait à sa table de travail. Afin de le laisser tranquille, Sophie s'arrangeait pour sortir le soir et voir des amis. Quand elle était là, elle s'enfermait dans leur chambre. De temps à autre, elle s'approchait de Martin pour voir si tout allait bien, et il la chassait aussitôt. Il paraissait profondément concentré. Convoquant les souvenirs de son enfance, il avait déjeuné avec sa mère pour l'interroger. Il avait totalement oublié qu'elle avait rencontré son père dans un concert de The Cure. Pour Jeanne, cela paraissait si lointain ; sa jeunesse ne passait même plus à la radio.

Un samedi après-midi, environ un mois après le début de cette entreprise littéraire, Sophie s'approcha du manuscrit. Martin avait imprimé les premières pages, car il trouvait cela plus pratique pour se relire. Elle découvrit alors le titre : *Comment j'ai raté ma vie*. Non seulement elle le trouva peu engageant, mais elle ne comprenait pas pourquoi il dressait un tel constat. C'était absurde au vu de ce qu'il avait accompli et, par ailleurs, pas très valorisant pour leur histoire d'amour. Quand il revint dans la pièce, elle dit un peu froidement :

« J'ai vu ton titre.

— …

— C'est un peu déprimant, non ? En tout cas, moi, un tel titre ne me donne pas envie de lire le livre.

— …

— Franchement, je pensais qu'écrire te ferait du bien. Et là… tu choisis un titre ultra-glauque… Et puis merci pour moi…

— …

— Qu'est-ce que tu veux que je te dise ? Si tu as raté ta vie… »

Sophie quitta le salon et se réfugia dans la chambre. Martin n'avait pas du tout anticipé cela. Par son titre, il avait voulu appuyer son sentiment principal : celui d'un échec qui propulse, quoi qu'on fasse par la suite, une vie dans l'énergie du ratage. Bien sûr que non, il ne s'agissait pas d'elle. Il avait d'ailleurs l'intention de raconter à quel point l'amour lui avait fait du bien. Et même : l'amour l'avait sauvé.

Se sentant ridicule, il se dirigea vers la chambre. À genoux près du lit, il balbutia :

« Pardonne-moi. Ce n'était pas du tout contre toi. Au contraire, tu es la plus belle chose qui me soit arrivée. Tu le sais…

— …

— Mon amour, je t'en prie… »

À ce moment-là, Sophie se retourna et prit la main de Martin. Il enchaîna encore quelques mots d'excuses, avant de reprendre :

« Je vais arrêter le livre. Au début, tu avais raison, cela m'a fait du bien. J'avais l'impression de faire du rangement dans ma tête. Mais là, j'arrive au casting… Et je n'ai pas envie de m'infliger ça. De raconter encore tout ce qui me fait mal.

— Je comprends.

— J'ai tellement peur que tu me trouves excessif. Il y a des moments où tu dois te dire que j'en rajoute…

— Non. Je ressens vraiment ta souffrance. Et je la trouve légitime. Ça me rend juste malade de ne pas pouvoir t'aider.

— …

— Je cherche toujours les mots qui pourraient t'apaiser. Tu sais, je ne compare pas avec ce que tu as vécu, mais c'est vraiment symptomatique de notre époque.

— Quoi ?

— Quand je vais sur Instagram et que je vois la vie merveilleuse des gens, il m'arrive aussi d'avoir l'impression que la mienne est nulle ou ratée.

— …

— On vit aujourd'hui sous la dictature du bonheur des autres. Ou, en tout cas, leur prétendu bonheur… »

Martin s'arrêta sur cette expression : *la dictature du bonheur des autres*. Cela aurait pu faire un bon titre. Mais sa décision était prise, il abandonnait son projet d'écriture. Il comprenait qu'on puisse libérer par les mots ce qu'on avait au fond de soi, il avait même commencé à le ressentir ; une sorte de thérapie par les virgules. Mais finalement, ce n'était pas pour lui. En allant chercher les vestiges de sa souffrance, il avait l'impression qu'elle s'incarnait à nouveau. Et voilà qu'il repartait à zéro, dans l'incertitude la plus complète.

7

Il y eut des disputes et des réconciliations ; il y eut des peurs de l'avenir et des refuges dans les beautés du passé. Ce couple qui avait tout pour être suisse était en train de devenir russe. Martin abîmait sa vie, car il préférait souffrir seul. Tout avait été essayé, rien n'avait marché.

C'est alors.

C'est alors qu'un soir Sophie s'approcha de Martin. Tout près, oui, excessivement près. Son expression semblait différente ; même la façon dont elle avait tourné la clé dans la serrure avait paru inédite. Martin avait levé la tête dans sa direction, tenté un sourire, mais ses manifestations de tendresse lui demandaient un effort démesuré. Son amour pour Sophie n'arrivait plus à surpasser le mépris qu'il éprouvait pour lui-même. La bouche collée à son oreille, elle chuchota alors : « Je crois que j'ai trouvé la solution… »

8

Martin l'interrogea, mais elle ne voulut rien dire. Le lendemain soir, elle lui demanda simplement de s'habiller pour sortir. Rien d'extravagant, une chemise et une veste. Elle l'emmenait… quelque part ; il détestait les surprises, lui qui planifiait ses moindres faits et gestes de peur d'affronter l'imprévu. Elle promit qu'ils n'iraient pas très loin ; dix minutes de marche tout au plus pour rejoindre leur destination.

Dehors, l'atmosphère était étrangement calme. La ville paraissait à l'arrêt, comme si elle attendait elle aussi ce qui allait se passer. Ils arrivèrent devant le Ritz, le palace de la place Vendôme. Instinctivement, Martin imagina que Sophie avait organisé une de ces soirées romantiques censées cimenter un couple. Un dîner aux chandelles dans un décor sublime. La beauté demeurait toujours un recours face aux incertitudes. Mais il fallait croire que non. Sophie annonça :

« C'est ici que nos routes se séparent…

— … »

Elle avait glissé une tonalité ludique dans ses mots. Martin allait devoir entrer seul dans cet hôtel, sans savoir ce qui s'y passerait. Son cœur battait si fort, comme un cœur voulant s'échapper d'un corps. Tout cela prenait une tournure inconfortable. Il n'avait qu'une envie : faire demi-tour et rentrer. Pourtant, il n'avait pas le choix. Le regard de Sophie n'était pas une proposition mais une injonction.

Avant de le laisser, elle ajouta simplement : « Va au bar Hemingway. » Il pénétra dans l'hôtel.

Un panneau indiquait le bar ; il fallait suivre un long couloir de moquette rouge. Après un Paris quasi désert, Martin ne croisa personne là non plus. Cela accentuait le sentiment d'un moment s'extirpant du réel. Le bar était là, devant lui. Il prit le temps de lire la petite pancarte sur laquelle il était écrit que le grand écrivain américain avait bu ici cinquante et un Martini Dry pour fêter la libération de Paris. Cette postérité liquide était sans doute plaisante, mais il n'était pas d'humeur à s'attarder sur la question ; il voulait savoir ; il voulait comprendre.

Martin pénétra tout doucement dans le bar, comme pour ne pas réveiller le décor. Le serveur leva la tête, mais n'émit aucun signe particulier ; il continua à ranger ses bouteilles avec minutie. La salle était étrangement vide ; ni hommes d'affaires ni couples illégitimes. Seule une personne était assise au bar, devant un cocktail impossible à identifier. Martin s'approcha instinctivement d'un des sièges quand l'unique client pivota vers lui.

C'était Daniel Radcliffe.

9

La veille, Sophie avait appris que l'acteur tournait à Paris dans le nouveau film de Claire Denis. Tout comme Robert Pattinson, Daniel

Radcliffe avait dit dans une interview qu'il rêvait de travailler avec cette réalisatrice. Cette dernière avait alors écrit avec Christine Angot un scénario pour lui. *Milk City* racontait l'errance d'un jeune Anglais dans un Paris hostile. Radcliffe se sentait heureux dans cette atmosphère à des années-lumière de *Harry Potter*.

Sophie adorait faire parler ses patients. Sommeillait sûrement en elle une psychologue frustrée. À la jeune fille qui se rhabillait après une consultation de routine, elle demanda : « Et vous faites quoi en ce moment ? » Intermittente du spectacle, elle avait répondu : « Pas grand-chose… Je fais juste un peu de figuration de temps en temps… Hier, j'étais sur un film de Claire Denis… Avec Daniel Radcliffe… » Sophie avait lâché le stylo qu'elle tenait en main. Elle avait annulé ses rendez-vous suivants, et littéralement couru à l'adresse indiquée par sa patiente. Par chance, le tournage s'y déroulait encore. Après avoir filmé les extérieurs rue, l'équipe avait investi un petit immeuble du 11e arrondissement pour les séquences situées dans l'appartement du personnage principal. Fait rare pour un tournage à petit budget, deux gardes du corps protégeaient l'accès au décor : les fans de Daniel Radcliffe campaient toute la journée pour apercevoir leur idole. Sophie comprit qu'il risquait d'être compliqué d'entrer en contact avec la star. On allait la prendre elle aussi pour une groupie. Au bout d'un moment, elle repéra une fille de l'équipe dont le travail consistait à bloquer le passage des voitures, sans doute pour éviter qu'il y ait trop de bruit pendant les prises. Profitant d'un moment de calme, Sophie s'approcha d'elle : « Si je vous donne une lettre pour Daniel Radcliffe, pensez-vous pouvoir la lui donner ? » Adorable, elle répondit : « La donner oui, mais je ne peux pas vous promettre qu'il la lise… »

Sophie s'installa alors dans un café à proximité, et se mit à rédiger la lettre en anglais. Quelques mots simples : il fallait que ce soit court. Elle se doutait bien que l'acteur était harcelé de sollicitations. Sur l'enveloppe, elle avait écrit en gros pour attirer son regard : « From Martin Hill. The other Potter. » La fille tint sa promesse et déposa la lettre dans la loge de l'acteur. Deux heures plus tard, Sophie crut défaillir en recevant un SMS de la part de l'acteur.

10

C'était donc la première fois qu'ils se rencontraient. Martin, tétanisé, commanda un verre de vin pour se détendre. Pourtant, Daniel l'avait accueilli avec un grand sourire ; à l'évidence, il cherchait à le mettre à l'aise. Depuis deux décennies, personne n'avait jamais été parfaitement normal avec lui. Mais aujourd'hui, lui aussi était fébrile. Face à lui se trouvait la vie qu'il aurait pu avoir.

Martin n'avait pas parlé anglais depuis longtemps. Après la succession des drames, il en avait fait une langue morte. En plus du stress et du choc de la rencontre, il lui fallait chercher son vocabulaire dans son enfance. Heureusement, Daniel prit en charge la conversation :

« Tu sais, j'ai souvent pensé à toi. À l'époque, quand j'ai eu le rôle, j'étais euphorique, mais je savais très bien que nous étions deux en finale. J'ai même voulu te téléphoner, mais je ne l'ai pas fait. J'avais sans doute peur de dire des banalités, ou que tu m'en veuilles…

— …

— Pourtant, personne ne pouvait te comprendre mieux que moi. Je me souviens de l'attente terrible de la réponse. Tant de fois, je me suis dit que ça ne serait pas moi. J'ai imaginé que tout s'arrêterait là…

— Ça n'a pas été le cas…

— Oui. Tu sais, je me souviens avoir demandé au producteur si je pouvais voir tes essais.

— Ah bon ? Pourquoi ?

— Je ne sais pas. Pour comprendre peut-être pourquoi il m'avait choisi, moi. Je savais qu'ils avaient hésité entre nous, alors je voulais voir ce qui avait fait la différence.

— Je n'ai jamais vu ces images.

— Moi non plus, finalement.

— Quand j'ai passé les essais, ils avaient tous l'air tellement emballés, expliqua Martin, mis en confiance par la sincérité de Daniel. C'est ça qui a été le plus dur. J'aurais préféré qu'ils me disent tout de suite que j'étais nul, au lieu de vivre tout ça...

— Je sais. Je sais... Mais je pense qu'ils t'ont voulu toi, pendant un long moment, et puis ils ont changé d'avis. »

La conversation roulait de manière limpide. Ils étaient les deux versants d'une même situation ; cela les réunissait. Ils commandèrent finalement une bouteille de vin rouge, et s'installèrent au fond du bar, presque dans la pénombre. Un couple prit place plus loin sans repérer Daniel. Sinon, ils auraient immédiatement demandé à faire une photo. « Même les gens qui se foutent complètement de moi ou de Potter veulent un selfie juste pour le montrer à tout le monde. Un jour, j'ai carrément tenté de compter le nombre de clichés sur lesquels j'apparaissais ; cela devait dépasser le million. Depuis vingt ans, j'ai dû battre le record du temps passé à sourire... », ajouta Daniel, avant de reprendre l'évocation du casting :

« Au début, quand je pensais à toi, j'avais de la peine. Ou peut-être même de la pitié. Enfin, tu vois... Je m'imaginais à quel point ça devait être dur.

— ...

— C'était hyper bizarre. Je pensais vraiment souvent à cette injustice. Et j'ai compris pourquoi...

— Pourquoi ?

— J'étais parti dans un rythme... extravagant,

fou, épuisant. Quand je pensais à toi, c'était pour me demander comment aurait été ma vie sans *Harry Potter*. J'ai très vite compris que c'était fini pour moi, que je ne pourrais plus jamais avoir une vie normale.

— …

— Et…

— Quoi ?

— Tu vas peut-être trouver ça bizarre, mais parfois, c'était tellement dur… alors, je crois que je t'enviais. Oui vraiment, je me disais que ma vie aurait été meilleure sans tout ça. C'était pendant les moments de stress ou de fatigue, bien sûr. En tout cas, c'était à toi que je pensais. Cela devenait presque une obsession… »

Martin resta stupéfait ; lui qui avait tant souffert d'être passé à côté d'une existence extraordinaire, il entendait maintenant Daniel Radcliffe exprimer un regret du même ordre. Sans qu'il puisse encore s'en rendre compte, cette simple idée allait lui permettre d'équilibrer un peu le destin. Il n'y aurait plus un gagnant et un perdant. Bien sûr, Daniel ne ressentait cela que pendant les moments difficiles, mais tout de même : il l'avait ressenti.

« Je vivais des choses incroyables, je le sais bien. Mais c'était au détriment de tout le reste, reprit-il.

— …

— Dès le début, plus rien n'était pareil. Dans mon quartier, tout le monde voulait être mon meilleur ami. Il y avait même des bagarres entre mes anciens copains de classe. C'était devenu insupportable. Plus rien n'était réel. Je n'étais plus Daniel mais Harry…

— …

— Et encore, il y avait pire que moi. Tom, celui qui joue Drago Malefoy, le méchant… les enfants lui crachaient dessus. Ils ne faisaient pas la différence entre le film et la réalité. Il y a quelques mois, j'ai lu dans une interview qu'il avait pensé au suicide. Ça m'a bouleversé… Mais comme je peux le comprendre…

— …

— Bref, on s'est renfermés de plus en plus. On avait une école pour nous, avec des horaires aménagés. Le reste du temps, on tournait. On était condamnés à vivre ensemble.

— Dans quelques reportages que j'ai vus, ça avait l'air merveilleux.

— Bien sûr, on était une vraie bande de copains. Mais je ne pouvais plus rien faire. Impossible d'aller au cinéma, de traîner dans la rue. Je ne me plains pas, mais je te dis juste que cette vie-là, elle était parfois très difficile.

— …

— Plus personne ne se comportait normalement avec moi. Une fois je suis tombé sur une anecdote racontée par Ringo Starr qui décrivait exactement ça.

— Il disait quoi ?

— Il était chez sa tante, et il avait fait tomber sa tasse de thé.

— Et ?

— Tout le monde s'était précipité pour la ramasser. Alors qu'avant il se serait pris une baffe… c'est effrayant, en fait.

— Tu sais Daniel, je comprends où tu veux en venir, et vraiment c'est gentil de ta part. Tu cherches à apaiser mon amertume. Et c'est vrai, ça me fait du bien d'entendre ce que tu me dis…

— Je n'essaye pas de me racheter d'avoir eu le rôle. Je sais très bien que je n'y suis pour rien. Et tu te doutes que ma vie a aussi été géniale. En plus, j'adore être acteur. Au fond, je ne suis même pas sûr de te raconter tout ça pour toi. Ce sont des choses qui ont aussi été très pesantes pour moi, et je suis content d'en parler. Tu crois que je ne le sais pas, que Harry Potter n'a pas le droit de se plaindre ? Oui, ma vie est géniale. Oui, tout le monde rêve d'être à ma place. Mais moi, j'aurais tout donné parfois pour ne pas être moi ne serait-ce qu'une journée…

— …

— Le quotidien était souvent infernal. C'était des heures de maquillage. Et puis, je n'avais pas le droit de skier ou d'aller au soleil. Oui, dit comme ça, on s'en fout. Mais si on te retire des libertés, tu verras qu'elles deviennent obsédantes.

— …

— À un moment, je n'en pouvais vraiment plus. J'ai failli tout plaquer. C'est de notoriété publique : j'ai eu des problèmes d'alcoolisme. De toute façon, dès que j'allais mal, tout le monde le savait. Si je pissais de travers, c'était en une du

Daily Mail dès le lendemain. Je suis traqué sans le moindre répit, tu crois que c'est plaisant ça ?

— Non, je veux bien croire que non.

— Même mes chiens ont des gardes du corps, tu peux imaginer ça ?

— Non.

— Remarque, ils ont leurs fans aussi... Ils reçoivent plein de cadeaux. Tu imagines ce monde de dingues ?

— ...

— Quand *Potter* s'est arrêté, je me suis dit que j'allais enfin pouvoir respirer. Avoir un peu d'air. Je me suis engagé pour une pièce de théâtre. Et c'était horrible. Il y avait des hordes de photographes chaque soir. Alors que je voulais juste jouer. Au bout d'un moment, j'ai eu une idée. Je me suis habillé tous les jours de la même façon. Ça fait perdre de la valeur aux clichés des paparazzi, figure-toi, de ne pas pouvoir dater... Ils ne peuvent pas vendre toujours la même photo.

— ...

— Et je ne te raconte pas toutes les conneries que je lis sur moi. Je viens d'apprendre que j'avais commandé une statue à mon effigie ! Je ne sais pas d'où ce truc est sorti. Surtout que je ne peux plus voir ma tête, c'est vraiment n'importe quoi... »

À l'évidence, Daniel avait besoin de parler. En l'écoutant, on l'aurait presque cru capable d'écrire lui aussi *Comment j'ai raté ma vie*. Son récit était sûrement excessif, mais il permettait à Martin de repositionner les éléments dans une nouvelle perspective. Qu'était finalement le succès ? Et l'échec ? Sa frustration avait pris source dans le fantasme d'un autre destin qui paraissait meilleur. Mais que connaissait-il réellement du quotidien de l'Autre ? Pas grand-chose, à part ce qu'en racontaient les médias et l'industrie du rêve.

Daniel reprit sa litanie dépressive, mais avec une pointe d'humour et d'autodérision cette fois-ci :

« Et puis, le pire, c'est que personne ne connaît mon nom !

— …

— Dans la rue, tout le monde m'appelle Harry ! Harry par-ci, Harry par-là ! Toute la journée, j'entends : "Oh c'est Harry ! Viens, on va demander une photo à Harry !" Et ce sera comme ça toute ma vie. Tu vois, je suis en train de tourner un film, en ce moment, eh bien tout le monde s'en foutra. Ou alors, on dira : "Ah tiens, c'est avec le mec qui joue Harry Potter !" J'ai beau travailler, me motiver, je serai toujours enfermé dans ce rôle. Alors oui, c'est formidable, mais c'est une prison dorée.

— …

— Tu vas trouver que j'exagère, mais j'ai parfois l'impression d'avoir vendu ma jeunesse au diable. »

Daniel s'arrêta sur cette phrase, avant d'ajouter à quel point il était heureux de faire la connaissance de Martin. Il voulait en savoir plus sur lui maintenant. Qu'avait-il fait, toutes ces années ? « Moi ?.... Pas grand-chose... », avait simplement répondu Martin dans un premier temps. Et puis, il s'était repris. Non ce n'était pas vrai. Il avait un métier qui le passionnait, et une femme merveilleuse. Une femme grâce à qui il vivait ce moment qui changeait sa vie. S'il avait récemment rechuté, il pouvait parler des dernières années de sa vie avec beaucoup de joie. Il évoqua tout de même les moments difficiles, le besoin de se terrer en permanence ou l'étrange sensation d'avoir une vie qui ressemblait à celle de Harry Potter. Il continua encore un long moment son récit, ne cachant rien, de la difficulté d'acheter un livre à son voyage dans le Poudlard polonais. Daniel était bouleversé. Cette histoire aurait pu être la sienne. Il éprouvait une immense empathie à l'égard de Martin. Il est rare que l'on ait ainsi accès à son destin opposé ; notre route unique n'offre pas le moindre accès aux chemins que nous n'empruntons pas.

*

D'une certaine manière, chacun avait rêvé de la vie de l'autre. Chacun avait désiré ce qu'il n'avait pas. La lumière pour l'un, l'ombre pour l'autre. En se rencontrant, ils s'apaisèrent mutuellement. Et comblèrent, en quelque sorte, la part manquante de leur destin. Mais cela ne s'arrêterait pas là. Non seulement ils avaient décidé de se revoir, mais ils finiraient par carrément partager *la vie de l'autre.* Daniel emmènerait Martin à une cérémonie des Golden Globes, tandis que Martin proposerait à Daniel de passer une journée entière dans une salle du Louvre. Les gens ne regardent pas les gardiens de salle. Dans son uniforme, on ne le reconnaîtrait pas. Personne ne pourrait imaginer que celui qui disait « No flash please » n'était autre que Harry Potter.

*

Le soir de leur première rencontre, juste avant de se quitter, Daniel demanda à Martin : « Est-ce que je peux faire quelque chose pour toi ? » Martin prit le temps de réfléchir, puis finit par répondre : « Oui. »[1]

11

Il était très tard quand Martin rentra chez lui en marchant dans la nuit parisienne. Pour la première fois depuis longtemps, il se sentait léger. Il avait l'impression de retrouver l'enfant qu'il avait été ; l'enfant d'avant le casting. Mais surtout, il pensait à Sophie. Elle avait été merveilleuse. Jamais il n'aurait cru que rencontrer Daniel

1. Quelques mois plus tard, lors d'une avant-première, Daniel Radcliffe porterait une cravate-parapluie. Suscitant la curiosité puis l'enthousiasme, cet accessoire remporterait un franc succès.

pourrait l'apaiser. Au contraire, il n'avait jamais cessé de le fuir, de le jalouser et de le détester. Martin comprenait enfin la valeur de ne pas avoir été choisi.

En ouvrant la porte de son appartement, il prit garde de ne faire aucun bruit. Dans le salon, son regard fut attiré par son manuscrit abandonné ; il le reprendrait peut-être. Dans la chambre, Sophie dormait paisiblement. Il resta un instant, immobile, à la regarder dans la pénombre, émerveillé par son épaule qui dépassait du drap. Sa vie pouvait commencer.

DU MÊME AUTEUR

Aux Éditions Gallimard

INVERSION DE L'IDIOTIE

ENTRE LES OREILLES

LE POTENTIEL ÉROTIQUE DE MA FEMME (Folio n° 4248)

QUI SE SOUVIENT DE DAVID FOENKINOS ?

NOS SÉPARATIONS (Folio n° 5425)

LA DÉLICATESSE (Folio n° 5177)

LES SOUVENIRS (Folio n° 5513)

JE VAIS MIEUX (Folio n° 5785)

CHARLOTTE (Folio n° 6135). Prix Renaudot et Goncourt des lycéens 2014

LE MYSTÈRE HENRI PICK (Folio n° 6403)

VERS LA BEAUTÉ (Folio n° 6640)

DEUX SŒURS (Folio n° 6800)

LA FAMILLE MARTIN (Folio n° 7016)

NUMÉRO DEUX (Folio n° 7160)

Dans la collection « Livre d'Art »

CHARLOTTE, avec des gouaches de Charlotte Salomon (Folio n° 6217)

Aux Éditions Flammarion

EN CAS DE BONHEUR (J'ai Lu n° 8257)

CÉLIBATAIRES, théâtre

LA TÊTE DE L'EMPLOI (J'ai Lu n° 11534)

LE PLUS BEAU JOUR, théâtre

Aux Éditions Grasset

LES CŒURS AUTONOMES (Le Livre de Poche n° 32650)

Aux Éditions Plon

LENNON (J'ai Lu n° 9848)

Aux Éditions Albin Michel Jeunesse

LE PETIT GARÇON QUI DISAIT TOUJOURS NON, en collaboration avec Soledad Bravi

LE SAULE PLEUREUR DE BONNE HUMEUR, en collaboration avec Soledad Bravi

Tous les papiers utilisés pour les ouvrages
des collections Folio sont certifiés
et proviennent de forêts gérées durablement.

Composition : Nord compo
Impression Novoprint
à Barcelone, le 14 novembre 2022
Dépôt légal : novembre 2022

ISBN : 978-2-07-300196-2 / Imprimé en Espagne

550356